たかたちひろ
ill. 麻谷知世
JN024836
スキル
【庭いじり】
持ち令嬢
島流しにあう
1
～未開の島でスキルが大進化！
簡単開拓始めます～

トレちゃん
（植物魔・トレント）
マーガレット
キラちゃん
（植物魔・ボキラン）
リカルド

ヴィオラ
カーミラ
マウロ
ベリンダ

『乗ってくれていいよ、マーガレットさん、リカルドさん』

小さなそのトレントは、自分の枝と葉を器用にかみ合わせて、その肩となる部分に椅子のようなものを設けてくれる。馬車の硬い椅子に座っているより、よほど優れた乗り心地である。

「葉っぱで扇《あお》いでくれている……のか？

なんというか、至れり尽くせりの状態だな……。

いいのかな、こんなに楽をして」

「いいんだよ、って言ってます。

もう、あんまり気にしないで、ありがたく乗せて
もらう方がいいのかもしれませんね」

目次

一章

二章

三章

一章

一話　まさかの島流し！

chapter 01

「え、島流しですか私」

それは、唐突に下された重すぎる刑罰であった。

勤務中、突然に王城の執務室エリアに呼び出されたかと思えば、これだ。

わけが分からなくて、私はしばし固まる。

思い当たることなど、なに一つなかった。なにか悪事を働いたことで思い当たるのは、せいぜい勤務中にお菓子を食べたくらいだが、そんなものはせいぜい反省文一枚程度の話だろう。王城を揺るがすような、国家の根幹に関わる重大な罪を犯さなければ、島流しになどならない。

「マーガレット・モーア。国を裏から操ろうとしたお前の行いは、国家転覆罪にほかならない。なにか申し聞きはあるか？」

その役人は、腕組みをして続けたが、私は首を横に振る。

「いえ、申し聞きもなにも……。というか、なにをしたにしても重すぎません？　私ただの女官ですけど？　権力闘争とかこれっぽっちも関わってませんよ」

貴族の身分を持つとはいえ、私は男爵家出身の女官にすぎない。

女官とはいわば、城にいるお世話役だ。王城には、貴族身分を持たないものは、入城できないきまりがある。

そのため貴族の子女が女官として、その役割を務めることになっていて、私は庭師として働いている。ただそれだけであり、思い当たることは一つもない。

「しらばっくれても無駄だ。お前は固有スキルにより王女様に取り入り、傀儡《かいらい》にしようとしたのだからな」

えぇ……。全然違うんですけど？

たしかに貴族家に生まれた者ならば、魔力の獲得と同時になにかしらのスキルを授かる。

中には【治癒】や【身体強化】、【読心】など、一般的には当たりとされるスキルを得るものもいるが……私のスキルは、【庭いじり】。

名前のとおり、草木の世話に関するもので、水やり程度の水属性魔法が使えたり、根っこから草をむしれたり、植物の状態を確認したりできる。

ただ、それだけのものだ。

貰《もら》ったときには、みんなから馬鹿にされたことをよく記憶している。

それでもどうにか活《い》かす方法を考えた末、ようやく女官として、庭仕事にありつけたのだ。

つまり、そもそも悪用できるほど大層なものでもない。

「仕事としてお任せいただいた庭の整備に利用していただけで、取り入ろうとなんてしてません」

私はきっぱりと主張するのだが、その役人はあくまで通達内容を告げるためだけの存在なのだろう。

いっさい聞く耳をもってはくれない。

「マーガレット、残念だがこれは——もう決定事項なのだ」

「それは、ヴィオラ王女からですか」

「誰からとは言えぬが、王女様ではない。王女様はむしろ、お前の無罪を望まれた。だからお前の刑は減刑されているのだ」

「減じられて島流しですか!?」

「流刑地は、未開拓地だ。その地の開拓を、お前と同じく罪を負って流刑になった侯爵に任せている。その者の屋敷で、使用人として働くのだ。これ以上、言うことはない。とにかく然《さ》る身分の方から、お前を王女様から遠ざけるように話があった。それだけのことだ」

その役人はそう言い残すと、部屋の外に控えさせていた衛兵を呼びつける。私はなおも疑惑を否定するのだけれど、力でかなうわけもなく、そのまま拘束されて王城の外へと連れていかれることとなった。

……どうやら、私は陰謀にはめられてしまったらしい。ただの女官なのに、ただ土いじりをしていただけなのに。

通告を下した役人の言葉により、首謀者の予測はついていた。

公爵令嬢である、ベリンダ・ステラだ。

女官たちは、各権力者たちの名のもとで王城に勤務していることが多い。基本的には、有力貴族家からの推薦などにより、勤務を認められることがほとんどだからだ。

女官は低い身分ながら、高貴な人と接する機会の多い立場であり、そこに女官を多く仕えさせることは、貴族にとって城内で権力を持つことにも繋《つな》がる。そのため女官たちは推薦元の家ごとに派閥を作っていた。ステラ家はその主要な派閥の一つである。

派閥争いは派手さこそないが、日々こまごまと繰り広げられていた。

たとえば、服の一つとっても被《かぶ》れば喧嘩《けんか》になるし、食事・給仕担当などは、派閥ごとに人数の割合が決められてすらいる。

そんななか、推薦ではなく試験を受けて入ったこともあり、私はどこにも属していなかった。

理由は単純。女同士の争いだとか嫌がらせだとかが、はっきり言って面倒くさかったためだ。

「庭いじりだけが取り柄の草女のくせに生意気な」

「早くクビになればいいのに」

なんて他の女官たちにぶつくさ言われても、気にしない。

とくに誰かに媚《こ》びることもなく、ただ目の前の仕事をこなしていたのだけれど……。

「あなたは誰に対しても変わらなくて、いいわね」

最近では、それを王女様に気に入られて、ひいきにしてもらえるようになっていた。

一緒に庭いじりをすることやお茶に誘ってもらうこともあったっけ。

ただ一介の女官が、王女様と仲良くしている。

たぶんベリンダ嬢は、その状況をよく思わなかったのだろう。そもそも、前に一度「うちの派閥に入らない？」と誘われて断ったこともあるから、目をつけられていたしね。

公爵令嬢と、女官兼男爵令嬢。

うん、私が今更なにを言っても、もうダメだねこれ。

マーガレット・モーア、二十五歳の春にして、島流しが確定してしまったらしい。


——それから数日。

早いもので、私はもう島に流されていた。

島の名は、エスト島。

本土のある大陸から東の方角に、二日ほど航海をしたところに浮かぶ島だ。

その全土が鬱蒼《うっそう》と緑の生い茂る未開拓地とされている。されているというのは、ろくに調査もされておらず、噂《うわさ》でしかないためだ。

そんな未開の島にたどり着いてすぐ、私は同乗してきた役人に連れられ、浜辺から丘の方へと険しい道を歩く。

どうやら船酔いしたようで若干気持ちが悪かったが……今の私は、罪人扱い。

そんなことで構ってはくれない。

むしろ、食料などの荷物が入ったトランクを持たされている。

痛む頭を押さえながら、それでも男の人の歩幅に合わせてどうにか進んでいけば、少しだけ景色が開けた。

林を抜けて、草地へと出たのだ。

そこにはぽつんと一軒だけ、屋敷が立っていた。

その白塗りにされた見た目は、森の中にある家としては、不自然なくらいに都会じみた趣向をしている。白く塗られた壁に、赤色の屋根、ガラス付きの窓と、どれも王都にあったって不思議ではない。広さも、十二分に確保されているように見える。

なんなら私の実家よりよっぽど立派……！

なんて、私がその屋敷をしげしげと眺めていたら、

「これはこれは。お早かったですね」

一人の男性が玄関先へと出てきた。その姿を見るや、私ははっと一つ息を呑《の》まされる。

未開の島に住んでいる人間の佇《たたず》まいではなかった。

簡易的ながらもフォーマルなジャケットとスラックスに身を包み、その装いは島暮らしに抱いていたイメージとは大きく異なる。このまま夜会に出たって、多くの令嬢たちの気を引けるだろう。

なにせ、とんでもない美形だ。

若干、線が細い感じはあるが、その肌は輝くように白いうえ、少し長めの銀色の髪は日の光を受けてきらきらと煌《きら》めいており、まるで作り物かのよう。

自分の肩口でばっさり落としただけの無造作な橙《だいだい》がかった茶髪や、化粧一つしていない顔が恥ずかしくなるくらい。

綺麗《きれい》な絵画を前にしたのと同じような感覚だ。思わず見とれていたら、次にはっとしたときには、すぐ近くに彼がいた。

「君が、マーガレットくんだね？　僕は、リカルド・アレッシ。一応、ここの開拓を任されている侯爵だ」

そう名乗った彼は、同時に片手をこちらへ差し出す。

一瞬戸惑うが、私は慌ててトランクを地面に置きその手を取った。

大きいうえにグローブ越しでも分かるくらい綺麗な形をしている、なんて感想は、いったん自分の内側にしまっておく。

「よ、よろしくお願いいたします。今日から使用人をさせていただく、マーガレット・モーアです……！」

「そう固くならずともいい。君はもともと女官だったそうだけど、男爵令嬢でもあるんだろう？　なら、同じ貴族じゃないか」

いやいや、貴族と一括《ひとくく》りにするには身分差がありすぎるけどね？

侯爵という地位は、地方の領主や、中央政権でそれなりの地位にあるものに与えられる。

私みたく、庭いじりばかりしてきた端くれ貴族とは大違いの立派な身分だ。

だというのに、ここまでフラットに接してくれるのだから、このリカルド侯爵はかなり人当たりのいい方《かた》らしい。

そうして、受け入れの挨拶が終わる。その後、再び浜辺まで戻り、役人らの乗る船を見送ったのち。

「ここがリビングで、あっちが食堂、それで西の方には水浴び場がある。一応、一通りの施設は用意してもらっているんだ」

私は、リカルドさんに屋敷内を案内してもらっていた。

現在、この屋敷に使用人はいないと聞いていた。

前はメイドがいたらしいのだが、どうやら島での生活に耐えられず、本土へと帰ってしまったのだとか。

つまり、この屋敷のすべての家政業務が私のものになる。

これまではスキルもあり、得意な庭いじりだけが仕事だったから、仕事の幅が大きく広がるわけだ。

ちゃんと洗濯、料理、掃除などもできるだろうか。

まったく自信はなく、正直不安でいっぱいだったのだけれど……

「あの、私いります……？」

屋敷内を一通り案内してもらって浮かんだ感想が、これだ。

正直、拍子抜けしてしまうくらいだった。

ちゃんと洗濯物は干されていたし、皿は綺麗に洗われているうえ、料理は作り置きまでなされている。床だって、まぁぴっかぴかだ。

むしろ、林の土道を踏んできた靴で歩くのが躊躇《ためら》われるくらい。

窓の外に広がる、草原や海が目に入らなければ王都にいるかのようだ。

「はは、なにを言ってるんだ。来てくれるだけでありがたいよ、マーガレットくん。この屋敷には、僕の部下も三名住んでいる。今は僕が彼らの世話に回っていて、肝心な開拓は彼らに任せているんだけど、ほとんどできていないのが現状なんだ」

「……え。これ全部、リカルドさんご自身がやってるんですか!? あの床を磨いたのも!?」

「あぁ、うん。一応、そういうことになるかな。家事は得意なんだよ。それに几帳面《きちょうめん》だからか、細かいことが気になってね」

……なんだそれ、なんだそれ！ と、私は心の中で絶叫する。

こんなことがあるだろうか、普通。

開拓を任されているはずの侯爵は、屋敷に籠もって家事に専念していた。

それもほぼ完璧な家事能力で、非の打ち所がない。

ということは、だ。

彼が今後開拓に出るようになったら、私もこのレベルの家事を求められることにならないだろうか。

さあっと血の気が引いていく。

「えっと、その、お庭とかはありますか？」

私がそう尋ねたのは現実逃避だ。

見慣れたものに触れて、少しでもできることがあると認識することで、気を落ち着けたかった。

「まぁ、あるといえばあるよ。でも庭と言うよりは……いや、まあ見てもらった方が早いね。来てくれるかな」

リカルドさんに案内され、私は外へと出る。

彼が指さしたのは、来るときに見かけた広大な草地だ。

その端では彼の部下らしき男性たちが、鍬《くわ》を持ち、土を掘り起こしている。

「庭というより、草原だけどね。一応、開拓の使命もあるし、本土からの食料供給が途絶えたときにも備えておかなくちゃいけない。だから、どうにか畑にしようとしているんだけど。どういうわけか、草を抜いても翌朝にはまた次々に生えてきて、整備がままならないんだ。今掘っているあたりも、数日したらまた元通りになる。こんな状態じゃ、君に家事をお願いして僕が一人加わったって同じかもしれないな」

リカルドさんは、そう言ったのちに弱々しく苦笑する。

……が、私はといえば、違った。

思わずその場にしゃがみ、生えていた雑草をつまみ上げる。

「たぶん、根っこから抜いていないからですよ」

「え?」

「これ、スゲ草と言って、抜くときに根っこがかなり千切れやすいんです。それに、残った根から少しの栄養でどんどんと成長するし、増えるペースも早い厄介者です。しかも葉の部分は燃やすと毒性もあるから、肥料にもなりません」

「……やたらと詳しいね。そういえば、ここに来る前は王城で庭師をしていたんだったね」

「はい！　興味もありましたから。それに魔法スキルは【庭いじり】です！」

私は高らかにそう言うが、まったく一般的なスキルではないのを失念していた。

リカルドさんも口にこそ出さないが、その整った顔には「なにそれ？」と書いてある。

まあ、これは言うより見てもらった方が早い。

私は手袋をはめたのち、スキル【庭いじり】を発動して、近場の草を一つ掴《つか》むと地面から引き抜く。

すると、地面からは、長すぎるうえに数のやたら多いひげ根が現れた。

「と、今みたいに、完全に根っこから引き抜けるんです！　他にも、植物の特徴や状態がなんとなく把握できますよ」

自分の得意分野の話だ。

うっかり興奮した私は、しゃがんだ姿勢のまま上を見上げて、少し早口でそう説明をする。

それに対してリカルドさんはといえば、反応がない。

ただ目を見開いて、こちらを見下ろしている。

あー……あまりに地味で平凡なスキルに呆《あき》れられたのかも？

そういえば、このスキルが発現した十五のとき。両親に報告をした際も、こんなふうに戸惑われたっけ。実際見せたときには、「これからいいことあるよ」なんて慰められてしまったこともある。

私がそんな過去をぼんやり思い出していたら、リカルドさんがついに口を開いた。

「……すごい。これだ、これだよ、マーガレットくん」

「え、なんですか、これって」

「本当に君が来てくれてよかった。最高のスキルじゃないか、【庭いじり】！」

リカルドさんは私に視線を合わせるためにしゃがみ、嬉《うれ》しそうに私の肩を一つ叩《たた》く。

今度は私が唖然《あぜん》とする番だった。

……生まれてこの方、ほとんど初めて、この謎のスキルを絶賛された。


その後、私はリカルドさんに頼まれて、草むしりを始めた。

慣れない家事を前にやきもきするより、よっぽど気持ちがよかった。つい数刻前まで、船酔いしていたり、なにが待ち受けているのだろうと恐怖していたりしたことを忘れるくらい。

どうやら私は身体《からだ》を動かす方が性に合っているらしい。

だんだんと作業スピードを上げた私は、次々と雑草をむしる。

そうして日が暮れる頃には……

「本当にこれだけの草を一日で抜いたのか？　どうやったら、こんなに？」

背後に小さな山ができるくらい、雑草の束は膨れ上がっていた。

家事のため、一度家に戻っていたリカルドさんが庭へと出てきて、またしても目を丸くする。

「スキルのおかげですから。えっと、やりすぎだったでしょうか」

「いいや、やりすぎて困ることはないんだけどね。増えすぎて困っていたから。ただ、驚いていただけさ。とんでもない仕事量だ。魔力消費は大丈夫なのかい」

「ぜんぜん平気ですよ。まぁ王宮の庭を整備していたときに比べれば、少し消費したかもしれませんが」

広さにしてみれば、だいたいこのお屋敷一軒分。

それだけの範囲が、草を抜く際に掘り起こされた土により茶色へと変わっていた。

土は、少し水気が多く感じたけれど、質自体は悪くない。

少なくともスゲ草が群生できるくらいには、養分もあるのだろう。スゲ草は土から養分がなくなれば、枯れてしまう植物だ。

「あとはこれが、明日どうなるかだね。これまでは、次の日にはもう半分くらい生え始めていたんだよ」

「そこは心配なさらないでください。きっと大丈夫ですよ！　スゲ草抜きは、これまでも失敗したことありませんから」

「そこまで言うなら、楽しみにしているよ」

リカルドさんは一つ、柔和な笑みを見せる。

そののち、「それよりも」と話を切り替えた。

「もう食事ができている。今日は着いて早々に、重労働だったんだ。マーガレットくんも疲れているだろう？　君を歓迎するために、ご馳走《ちそう》を用意してある。今日は、食料の配給もあったからね。さあ早く戻ろう」

リカルドさんはそう言って半身の体勢になると、屋敷の方を指す。

言われてみれば、草や土のにおいに混じって、なにやらいい香りが漂ってきていた。

私が期待に胸を膨らませて、食堂へと向かえば、そこに置いてあったのは、立派なパーティーセットだ。

牛肉の燻製《くんせい》に、ベーコンアスパラのチーズソース掛け、小魚を使った魚介スープなんかまで。

……私に言わせれば、草むしりよりこっちの方がどうやって用意したんだ、という感じである。

「あの、これもお一人で？」

「うん、そうだよ。久しぶりに特別な日の料理を作ったな。まぁ、この島で獲《と》れるのは現状、うさぎの肉くらい。あとは本土からの配給に頼るしかないから、保存の利くものしか使えないのが難儀だけどね」

私はふと、辞めて本土に帰っていったというメイドのことを思い出す。

もしかしたら、彼のあまりに完璧な家事のこなしっぷりに自信をなくして、帰宅を望んだのかもしれない。

このクオリティは、王宮で専任の料理人が提供するレベルのものだ。

「じゃあ改めて、歓迎するよマーガレットくん」

王都から運んできたワインでの歓迎会がはじまる。

見た目に違《たが》わず味の方もかなりのレベルだった。

「どうかな、味付けは気に入るものだったかい？」

「はい、とっても美味《おい》しいです！　食べたことがないくらい！」

一応、貴族の令嬢とはいえ、所詮は男爵家。

そのうえ女官だった私が食べてきたのは、パンやチーズといった、簡単な食事がほとんどだ。

そのため細かな味の評価なんてできないが、とにかくかなり美味しい。その味付けは細かな調整まで完璧である。

おかげでお酒も順調に進む。

「今日からお願いいたします、マーガレットさん！」

「庭の草抜き、本当助かりました」

「あんな量、わしらには抜きようがないですからね」

おかげで、リカルドさんの部下の方々三人ともさっそく打ち解けることができていた。

島流しにされたこと、要するに罪を負わされてここへ来たことを忘れるくらいには、快適だ。

そんな空気に、気が緩んだのかもしれない。

にこにこと笑みを浮かべるリカルドさんに私は思わず聞いてしまう。

「でも、こんなに優しくて温和なリカルドさんが島流しなんて。なにがあったんです？」

口にしてすぐ、酔いがすぅっと醒《さ》めていくのを感じる。

もしかしなくても初日に踏み込むような話ではない。きっと、なにかの事情を抱えているに違いないのだ。

私が撤回しようとしていたら、リカルドさんは、ワイングラスに口をつけて遠い目をする。

「僕はもともと政治をするような人間じゃなかったんだ。魔法スキルは【火属性】をもらったけど、だからといって戦いをするつもりもなかった。芸事、とくにバイオリンが得意だったんだ」

「……それがどうして？　えっと、答えにくいのなら答えなくても――」

「いいさ。大したことじゃない。音楽の世界は、一見華やかに見えるけど、裏では貴族同士の争いが繰り広げられている。誰の家の専属が一番の弾き手だとか、歌い手だとかね。――実際、それで王家に評価されて褒賞や地位を授かることもあるから、切り離せないんだよ。運の悪いことに、僕の雇い主が王家に反乱を起こした。その処分に僕も巻き込まれたんだ」

私と同じだ、と思った。リカルドさんも明確な罪の証拠が見つからなかったことにより、処刑を免れて、開拓を任じられることになったらしい。

「当然、関与なんてしてない。でも、疑いが晴れないからと島流しさ。ろくに領地の経営なんかしたことのない僕に、『開拓がうまくいけば、戻してやる』なんて条件をつけてね。まぁでも実際、無理難題だよね。この島は、数百年も未開の地だ。僕を追い落としたかった誰かは、僕が音楽の世界に戻れなければそれで満足なんだろうね」

リカルドさんはそう、つらつらと語ったのち、ワインを最後まであおり、にこりと笑顔を見せる。

「少し話しすぎたね、忘れてくれていい。この生活も、意外と悠々自適で悪くないんだ」

無理をして気丈に振る舞っているのは、明らかだった。口角は上がっているけれど、目は笑っていない。

本気で音楽が好きだったことが、言葉の端々から伝わってくるのでなおさらだ。

そんな姿を見て、私の中で一つの決意が固まっていく。

「戻れますよ、きっと！　これから、頑張って開拓すればいいんです。私もできる限り、手伝います！」

「はは、君がそう言ってくれると頼もしいな」

「本気で言ってますからね、私」


そんなふうに夜が過ぎ、翌朝。

リカルドさんとともに屋敷の外へと出ると、彼は玄関先ですぐに立ち止まる。

目を点にして首を横に振り、広がる光景に驚いていた。

「本当に、草が一つも生えてきていない、だって……？」

「言いましたでしょう？　【庭いじり】スキルは、草むしりには最適ですから」

「あれだけ何度掘り起こしてもダメだったとは思えない…………なにが起きてるんだ。現実なのか？」

そうでしょうとも！　私は誇らしくなって、一つ胸を叩く。

それと同時に、ある提案を持ちかけることにした。

昨晩、歓迎会が終わったのち、ベッドの上で考えていたのだ。

どうすれば、私がこのエスト島での生活においてもっとも役に立てるのか。

そうして導き出した案は――

「リカルドさん。このあたりの草地の整備は、私に任せてもらえませんか？　どんどん草むしりをするので、逆に家事をお願いしたいんです」

与えられた役割を入れ替えることだった。

開拓と一口に言っても、色々あるが……少なくとも緑地の整備であれば、私のスキル【庭いじり】の方が適している。

逆に、家政業務においては、私よりリカルドさんの方が数段高い水準でこなすことができる。

正直、太刀《たち》打《う》ちできる気がしないくらいだ。

ならば、入れ替えてしまえばいい、とそう考えた。

要するに、だれがどんな仕事をしようが、開拓さえうまく運べば国も認めざるを得ないだろうと考えたわけである。

「……なるほど。じゃあ僕の部下はどうすればいい？」

「森に入って、狩りをするか、海で釣りをしていただくのはどうでしょう。一通りの草抜きが終わったら、なにか作物を植えたいですし、そのときはお力をお借りします」

「たしかに、それなら適材適所かもしれないけど……」

リカルドさんは顎に手を当て目を瞑《つぶ》って、しばし考え込む。

たったそれだけの仕草さえも、洗練されていた。その長いまつ毛に少し見とれていたら、彼はやがて首を縦に振る。

「どうせ、このままではどうにもならない。うん、やるだけやってみようか。じゃあ、マーガレットくんは、また草抜きをお願いしていいかな」

「はい……!!!　ご要望通り、たくさん、むしります！」

「えっと、もちろん疲れたら休んでいいからね？　あんまり張り切りすぎると、腰を痛めるよ」

どうやら、リカルドさんは心配性でもあるらしい。

眉を下げて不安げにしているから、私は握りこぶしを作って答えた。

「大丈夫ですよ。しゃがんでる姿勢には、慣れてますから！」

こうして、私の草むしりデイズが始まったのであった。

一章　二話　植物魔・トレント

chapter 01

ひたすらに雑草をむしる日々が続いて、二週間ほど。

屋敷の周囲を囲うように根を張りまくっていたスゲ草は、気づけばもう、ほとんどその姿を消していた。

いつのまに、こんなにむしったのだろうと自分でも思うし、達成感がある。

見渡してみれば、綺麗《きれい》な土が一面に広がっていた。

「……数か月間、掘り返しては雑草で埋まっていたのが嘘《うそ》みたいだよ」

とは、リカルドさん。

今日は、彼にも作業を手伝ってもらうことになっていた。

作業用の動きやすいシャツ姿で、木製の簡易なプランターを抱えている。

その中で小さな白い花をつけているのは、レリーフ草。

薬草の一種であり、湯で煮出すことで、甘い香りとすっとした飲み口が特徴のハーブティーになる。

元は浜辺から屋敷へ来る途中にある林の中に自生していたものだ。

他にも、育てやすく、またこの土や環境に適したものを厳選したハーブ類をいくつか採取してきた。

たとえば、チルチル草。こちらはその根に魔力を放出させる効果があり、興奮状態を抑えたり、魔物を躾《しつ》けたりする際の薬としても用いられる。

それにしても、だ。

リカルドさんは、どんな格好でも似合うらしい。

作業着という格好は私と同じなのに、オーラというか、全体的になにかが違う。

なんとなくだが、涼しげなのだ。

その少し長い髪が風になびく様も、にこにことした微笑も、清涼感に満ちている。彼が手にすると、プランターすらお洒落《しゃれ》な小物に見えた。

「それで、苗はこのあたりに植え付けていけばいいかな」

その爽やかな空気感に浸っていて、少し返事が遅れる。

「あ、はい！　お願いします。それと、手伝ってくれてありがとうございます」

「いいんだよ。ちょうど手が空いていたし、君のおかげでここまで一気に土地が耕せたんだ。呼んでくれたら、なんでもするさ。それに、レリーフ草のハーブティーは僕も好物だからね」

「あ、一緒です。寝る前に飲むと、ちょうどいいんですよねぇ。気持ちが落ち着くといいますか」

「そうだね。牛乳にもよく合うんだ。今度、淹《い》れてみようか……って、牛乳がないんだったね」

和やかに会話を交わしながら、植え付けを行う。

等間隔に植えたところで私が持ってきたのは、薄い木の板だ。荷物を運んできたときの箱を解体して、作り出した。

「このレリーフ草は、肥料などがなくとも育てやすいかわりに、かなりの繁殖力を持つんです。だからこうして、広がらないように対策をしておくことが大事なんですよ」

「なるほど。前のスゲ草みたく大繁殖されたら困るから、それがいいね」

「はい。毎日飲んでも、この広さじゃ使いきれませんし」

二人で協力して、板を土に埋め、区切りを設けていく。

丁寧に一つずつ植えて、あとはよく育つようにと私がスキルにより水やりをしていた、そのときのことだ。

「う、うわぁっ!?」

突然に叫び声が、山側にある森の方から聞こえてくる。

その声の数は三つ、それも聞き覚えがあった。リカルドさんの部下のものだ。

「な、なんでしょう」

「なにかあったのかもしれないね」

不安を覚えながら待っていると、森の奥から彼らが姿を現す。

こちらまで息を切らしながら走り寄ってきた一人が、がくがくと震えながらにして言うには、

「植物魔が突然暴れ出したんです……! まさか、あんな場所に大きなトレントがいるなんて……」

とのこと。

植物魔・トレント。

普段は木に擬態してまったく動かないし、温和な性格をしているが……、その幹や葉を次々と伸ばして攻撃を加えてきたり、破裂する実を落としたり、根を自在に動かし高速移動したりもできる、強力な植物魔だ。

実物を見たことは、これまでなかった。貴族学校のテキストに載っているのを見たくらいだ。

「トレントか。魔物がこの屋敷に近いところまで来たことはあまりなかったと記憶しているんだけど」

「この間まではいなかったんです。俺にも、なぜあんな化け物がこんなところにいるんだか、さっぱりで……！」

「少し落ち着くといい。出てきたものはしょうがない。屋敷に被害が出たら大変だから、倒してくるよ。幸い、火属性は植物相手なら相性がいいしね」

リカルドさんは、屋敷の壁に立てかけていた剣を手にすると、トレントがいるという方角に向かおうとする。

私はどうしたものかと思っていたら、そのしゃがれた声は唐突に森の方から響いてきた。

『たす……けてくれ。たすけてくれ』

いったいなんなんだと、私は固まる。

もしかして、他にも誰か森にいるのだろうか。

私はそう考えるのだが、どうやら、他の人には聞こえていないらしかった。幻聴を疑って自分の頬《ほお》をはたいてみるが、そうではないらしい。

じゃあなんだと言われたら、

『このままでは。このままでは、一族みな枯れてしまう』

……言いぶりや状況から察するに、たぶんトレントの声だ。

どういうわけか、植物魔の声が聞こえるようになっているらしい。

植物魔の声を聞くなんて、初めての体験だった。

これまではうめき声にしか聞こえていなかったのが、突然に言葉となって理解できている。

奇妙すぎる現象であった。自分でもにわかには信じがたい。が、本当にトレントの声だとしたなら、リカルドさんは苦しむ彼らを燃やすことになる。私の頭には一瞬、かつて王城で育てていた植物魔たちのことがよぎった。

それで反射的に、私は先を行こうとするリカルドさんの袖を引いていた。

「どうかしたか、マーガレットくん。もし怖いようなら、僕の部下といればいい。僕がどうにか退治してくるよ」

「……いえ、その。そうじゃなくて……」

魔物の声が聞こえるって、どうやっても信じてもらえなくない？　というか、危険視されたりしない？

はたとそう思うのだが、正直に言うほか彼を止める術《すべ》はない。そもそも隠し事は得意じゃないのだ。

「えっと、私、植物魔の声が聞こえるようになったみたいなんです」

「え？　こんなときになんの冗談だい？」

「冗談じゃなくて、本当に。あのトレント、かなり苦しんでるみたいです。なにか暴れ出した原因があるのかもしれません。なんとかしますから、私に行かせてください……！」

頭を下げて、そう頼み込む。

リカルドさんは、眉を落としてかなり戸惑ったような表情をしていた。

そこへ、彼の部下が口を挟む。

「マーガレットさん……。すいませんが、正直信じられません。危険ですし、やめておいた方がいいんじゃ」

もっともな意見だ。

冷静に考えれば、断られてもしょうがない。

私が偉い学者なら別だったかもしれないが、実際はただ草むしりが得意なだけの元女官であるから、信憑性《しんぴょうせい》に欠ける。

信じてもらえなくても仕方がない。

こうしているうちにも、トレントは屋敷の方へと迫ってきているのだ。危険性を考えたら倒すしかないのは、私にも理解ができる。

――けれど。

「分かった、信じよう」

リカルドさんは私の目をまっすぐ見つめ返して、凛《りん》とした声で、こう返事をしてくれた。

部下の方々は「なんで……」と驚きを隠せない様子だった。一方の私も、自分から頼み事をしておいて、面食らう。

「ど、どうして……」

「君がこの島に来てから、僕らはもうずいぶんと君に救われた。マーガレットくんが来てやっと、事が前に進みだしたんだ。出会ってからは短い期間だけど……、希望をくれた。そんな恩人の言葉を信じないわけにはいかない。それに、同じ屋敷に住む身だ。君が嘘をつかないことはもう分かっているさ」

心に響く言葉であった。そこまで評価してくれているとは思わなかったためだ。

まだなんにも解決していないのに、うっかり感極まりそうになる。

そんな私の手を、彼は微笑《ほほえ》みとともに掬《すく》った。

「さぁ行こうか、マーガレットくん。もし失敗するようならトレントは戦って燃やすことになるけど、それは許してくれるかな？」

「……そもそも失敗しませんよ！」

「頼もしいな。僕も下手《へた》な荒事は避けたい」

部下の方々を残し、リカルドさんと二人、トレントの声が聞えてきた森の方へと足を向ける。

『たすけて』との声を頼りに森を進んでいけば、たしかにそこでは身体《からだ》がかなり大きいトレントが荒れ狂っていた。

その幹にある大きな口を開け、苦し気に咆哮《ほうこう》をあげる。

しかし、本当にかなりの巨体だ。幹のうねりにより浮かび上がる目、鼻、口は、ちょうど私の身長の倍程度の位置にある。そして真上を見上げても、その枝の先が見えないようなサイズだ。

かなりの年数をかけなければ、これほど大きくはならない。ここまで大きな個体は、本土にもいないかもしれない。

トレントは数が少ないかわりに、一個体が長生きする傾向にある。

もう何百年も生きている個体なのだろう。

そんな動く巨木が、枝を周囲の植物に絡みつけ、破裂する実をいたるところに撒《ま》く。自分も爆発に巻き込まれているがおかまいなしだ。その幅広の葉がいくつも落ちてきている。

これでは、なかなか近づきようがない。

【庭いじり】スキルで状態を確認するまでもなく、状態異常だ。

「トレントさん、どうしたの！　どうすれば、あなたを助けられる!?」

だから、少し離れたところからこう声を張り上げたところ……。

『……おまえ。聞こえるのか、わたしの声が』

トレントの動きが鈍くなり、こんな返事があった。

本当に会話ができて、不思議な気分になる。

王城で植物魔の世話をすることもあったが、そのときは会話などできず、反応から様子を窺《うかが》うしかなかったのだ。

でもやっぱり聞こえているのは私だけらしい。

リカルドさんにその声は聞こえていないようで、きょとんと首をひねっている。

「うん、聞こえる。どうすれば、あなたは楽になる？　なにかできることがあるなら、なんでもする。だから落ち着いた方がいいわ。あなた、自分で自分を傷つけてる」

『わたしだって、そうしたいさ。好きでやっているわけではない。ただ、幹の裏側がかゆくて、どうしようもないのだ！』

トレントはやはりうめきながら言う。

「裏側……。ねぇトレントさん。反対を向いてくれる？　誓って、斬りつけたりしないから」

私がこうお願いするのに、トレントは素直に従ってくれた。

その場で大きく半転するのを見て、

「本当に話せているらしい。……なにものなんだ、マーガレットくんは」

リカルドさんは唖然《あぜん》としていた。

まぁ私だって、自分にトレントの声が聞こえるようになっていなかったら、信じられなかったと思う。

さて、トレントの背が見えるようになる。

彼がかゆいと、伸ばした枝の一本でさす部分は表皮が剝《は》がれ落《お》ちて、深い傷が入っていた。

「この傷……」

見たことのある形をしている。

この歯形はそう、げっ歯類のもの。それも、拳一つ分くらいはありそうな大きさから見るに魔ネズミ・タランチュという魔物の仕業だ。普通のネズミの数倍サイズの体長をしており、その牙はかなりの鋭さを持つ。

『どうなっている？』

「タランチュにかじられているみたい。覚えはある？」

『やはりそれか……。昔、奴《やつ》らはこの島にいなかった。だが最近やたら数を増やして、わたしたちの天敵になっているのだ。身体が小さいから、知らないうちに背中をやられていたんだな……かゆい……！』

なるほど、タランチュは誰かが過去に持ち込んだ外来種らしい。

それらが繁殖するあまり、トレントは危機に瀕《ひん》しているようだ。

だが、彼は今のところ致命傷には至っていない。

「でも、まだ大丈夫。これくらいの傷なら、少し療養すれば治る。自暴自棄になって、暴れるほどじゃない」

『……だが、タランチュが増え続けている以上、わたしたちに安寧の場所はない。この先、どうすれば生きていけるのか分からぬ。待つのは絶滅、それが運命なのかもしれぬ』

トレントはやはり咆哮をあげながら、途切れ途切れに言う。

一族の行く末すら案じているようだったが、それなら心配はいらない。

「大丈夫。それなら、私が駆除する！　だから少しだけ暴れないで待ってて？」

害獣の駆除も、王城の庭を整備していた頃に何度もやったことがある。

つまりお手のものだ。


トレントと魔ネズミ・タランチュ駆除の約束を交わしたのち、まず私がやったのはトレントを落ち着かせることだった。

そのために用いるのは、さっき植えたばかりのレリーフ草である。成長過程のもので、本当ならこれから育てるつもりだったが、緊急事態だからしょうがない。

その小さな白い花は、すりつぶした際に出る汁を服用することで、心身を落ち着かせる効果がある。

それを水に溶かして、トレントの根へとじょうろでかけたのだ。

『なんだか心が安らいでいくようだ……』

これだけ大きな個体だから効果のほどはどうかと思ったが、すぐに現れてくれた。

トレントはリラックスしたのか、すぐに入眠してくれたのだ。

「こんなふうな使い方もできるとは、驚いたよ。ハーブの効果はすごいな」

「これで安心ですよ。少なくとも、一日は大丈夫かと」

あくまで治ったわけではなく、応急処置だ。

できるだけ早く大元の原因であるタランチュを払わなくては、彼らの安寧は戻ってこない。それはそのまま、森の安寧にも繋《つな》がる。

駆除のための方法は、【庭いじり】スキルがヒントになった。

夕暮れ頃、屋敷へと戻ってきた私たちは、石製のすりばちと布を一枚用意して、机の上に置く。

そのうえで作っていくのは、毒団子だ。

「駆除なんて、どうやってやるかと思ったら、まさかこんな方法とはね」

「平和的な解決でしょう？　これであれば、追っかけ回さなくても駆除ができます。ネズミなんて一匹駆除したって、また現れますからね」

その際に材料とするのは、大量に引っこ抜いてあったスゲ草だ。

さっきリカルドさんに頼んで、火属性魔法で焼いてもらっていた。

このスゲ草は、火を通すことにより毒性を持つ。

私がそれを初めに知ったのは、【庭いじり】スキルにより、なんとなくその用途を把握できたためだ。

他に使い道はなく、普段は迷惑極まりない雑草だが……、こと害獣退治や害獣除《よ》けにおいては有効な材料になる。

作り方もシンプルだ。

まずは、焼かれて真っ黒になったスゲ草をばちでひき潰す。

粉になったところで、小麦や水と混ぜ、成形していく——ただそれだけだ。

ただし、慎重さは要する。

焼いたスゲ草はその毒性から皮膚が爛《ただ》れる危険性があるためだ。

手袋をはめていても、万が一ころころとどこかへ跳ねて、身体のどこかに当たってしまうやもしれない。

だから注意深く、そろそろと一口サイズの団子を握っていると、私の横手ではどんどんと団子の山が形成されていく。

「……早いですね、リカルドさん」

「はは、まぁ要領は肉団子と一緒だからね。料理をしているようなものと考えたら、むしろここは、僕の領分だ」

たしかに並の手際ではない。一切不安を感じない手つきなのだ。

そのあたりの技術は、リカルドさんの方がかなり上手《うわて》である。

それは、茹《ゆ》であげて団子が完成しても、そう。

彼の作った団子は綺麗な丸をしていたが、私の作った団子は少し歪《いびつ》な形をしていた。

「なんだか食べられそうな見た目になったね。黒色だし、トリュフのようだね」

なんてリカルドさんは笑っていたが、間違っても口にできるようなものじゃない。

私たちはそれを慎重にいくつかの小さな木箱に分けて入れ、森まで出かけていく。

もう日は落ちてしまって、薄暮の状態だった。森の中にほとんど光は届いておらず、視界はほぼまっくら。

灯篭《とうろう》じゃどうしようもないくらいだったのだけれど、

「明かり役なら任せてくれるといいさ」

リカルドさんの力を借りれば、問題なかった。

彼のスキルである火属性の魔法で、明るい火をつけて歩く。

そうして近くの木々についた牙の跡などを頼りに、生息地の近くを探して、あたり一帯に団子の入った小箱をいくつか設置し終えた。

帰り道を歩きながら、私は一仕事終えた気分でリカルドさんに話しかける。

「これで後は待つだけですね！」

「そうだね、うまくいくといいけど……。って、君が言うと、なんでもできる気がしてくるよ。まったく君の知識とその【庭いじり】スキルには驚かされる。まさか、植物魔と本当に喋《しゃべ》れるなんてね」

「あー、それについては正直私も驚きました。本当に急だったんです。突然トレントの声が聞こえて。前に王城で世話をしていたときにも、喋れたりはしませんでしたし……謎ですね」

「なるほど。そういうことなら、聞いたことがあるよ。スキルを使い続けていたら、進化することがあるって。もしかして、それじゃないかな」

初めて聞く話だった。

もしかしたら過去に耳にしたこと自体はあるのかもしれないが、少なくとも【庭いじり】なんて名前からして平凡なスキルが、それ以上どうにかなるとは思っていなかった。

けれど、それが本当ならば合点がいく。

「たしかにここ最近、大量に草むしりしましたもんね、私」

王城でもかなりの回数スキルを使ってきたが、ここへ来てからの二週間はそりゃもう異常なくらい使った。

毎日、空になるくらいまで魔力を消費して、スゲ草を抜きに抜きまくったのだ。

「うん。文字通り山のようだったからね。帰ったらスキルカードを見てみたらいいんじゃないかな。スキルが進化したときは、表記が変わるらしいよ」

「そうなんですか……！　あとで見てみます」

こんな会話をしているうち、屋敷へと戻ってくる。

私はすぐに、島へと持ってきた数少ない私物の中から、スキルカードを引っ張り出してきた。

これは、魔法能力が発現する十五の歳《とし》に、教会から与えられる証明書のようなものだ。

単に、名前とスキル名が記してあるだけのカードである。

身分証くらいしか使い道がない。が、王都にいた頃は念のため常に持ち歩いており、島に来るにあたっても意識せずに持ってきていた。

それを見てみれば、びっくり。

「本当に変わってます……！　変わってますよ、リカルドさん！」

スキル名称【庭いじり】の文字のすぐ後ろに、「↓」の記号が付け足されていたのだ。

その先に書かれていた文言はといえば――

「【開墾】……ですって。田畑を切り開く、とかそんな意味でしたっけ」

「とんでもないスケールアップだな、また……！　というか、そのスキル、もはや開拓のためにあるみたいなスキルだね」

「た、たしかにそうかも」

　やっぱり、私とリカルドさんの役割を入れ替えたのは、大正解だったらしい。


　果報は寝て待て。

　まさにその言葉通り、ぐっすり眠って迎えた翌日。

　私とリカルドさんが、昨夜《ゆうべ》仕掛けた罠《わな》を確認しにいけば……まぁ、ひどい有様だった。

　お手製毒だんごはその効力を存分に発揮しており、木箱の中ではたくさんの魔ネズミ・タランチュが倒れている。これだけ罠にかかるのは異常だが、群れ一つは撃退できたと見ていいだろう。

「うん、効果はしっかり出たみたいです！」

　私はほっとして、にこにこ笑顔でリカルドさんの方を見るが、彼はあさっての方向に目を背けている。

　……あー、そうだった。

　超がつくほど几帳面《きちょうめん》で、綺麗好きなのだった、彼は。

　そもそもネズミが無理だろうに、その死骸ともなれば、なおさらかもしれない。

一方の私はといえば、もはや見慣れてしまっていた。

女官の仕事は、裏方仕事である。

外から見れば、華やかで栄華の象徴みたいに映る王城でも、この手の問題はまぁまぁな頻度で起きていたしね。

階級が高い人って、誰かが片付けてくれると思って、平気でその辺にゴミ捨てたりするし。

常に清潔が保たれていたわけじゃない。

「そ、それで、全部退治できたのかい？」

「いえ、全部というわけではないですよ。でも、タランチュは賢いですから。一度、こうやって罠餌に引っかかるとその場所からはいなくなるんです。だから、もうここから先に来ることはないかと」

「そうか、それはよかった。……本当によかったよ」

リカルドさんは心底安堵《あんど》したように、深いため息をついていた。

その後、彼にタランチュの死骸を箱ごと燃やしてもらう。

よほど受け付けなかったのだろう。超入念に燃やしていたから、そこに残ったのは骨とその鋭い前歯だけだ。

私はそれらを、そそくさと回収する。

「それがなにかに使えるのかい？」

「はい。結構鋭いので、なにかに穴を開けるときはすごく便利ですよ。あといくつか集めて、木の棒の先に括《くく》りつければ、いい銛《もり》にもなりそうです」

「そう言われれば見たことがある気もするね……」

「タランチュの用途ってこれくらいですから。うちの実家でも使ってたんです」

そうして、戦利品まで得て、後始末が無事に完了する。

私たちはその結果を、トレントのもとまで報告しに行ったのだけれど、

「寝てますね、まだ。それもぐっすり」

「昨日のレリーフ草の水が効きすぎたのかもしれないね」

気持ちよさそうに風に葉を揺らしながら眠っているようだった。

回復するためにも、このまま寝かせてあげた方がよさそうだ。私たちはこそこそと去ろうとするのだが――、そこを呼び止められていた。

『本当に助かったよ。……ネズミを退治してくれたのだろう？』

はるか頭上から、その声は降ってくる。どうやら寝ているわけではなかったらしい。

「あれ、どうして知ってるの？」

『わたしの仲間が、そう教えてくれたのだ。昨日、二人が罠を仕掛けるところを見ていたらしい。それにより、はびこっていたタランチュの姿が急に消えた、と。……ありがとう、娘よ。礼を言っても言い尽くせない』

「気にしないでいいって。私は自分の意思でやっただけだしね」

別に恩着せがましく、なにかを要求したりするつもりはない。

これで穏やかな森が戻ってくるなら、それで十分だ。

「これからは静かに暮らせることを祈ってるね。また会うことがあったら、お喋りしてくれる？」

私は別れの挨拶のつもりで、そう投げかける。

しかし、いざ去ろうとすると、目の前にいくつも絡まり合った枝が降りてきて、私たちの行く道に大きな壁を作り出す。

『なにか恩を返す方法はないか、娘よ』

……どうやら、このトレントはなんとしても礼をしたいらしい。

『たのむ、なにか恩を返させてくれ。でなければ、示しがつかぬ』

結構に強情だ。

まったくもって、引いてくれそうにない。違う道から行こうとすれば、今度はそこも枝で塞がれてしまう。

このままいけば、四方を囲まれかねない状況だ。

「……これ、どういう状態になっているんだい。捕食されたりしない？」

トレントの声が聞こえていないリカルドさんは青ざめた顔で、私に小声で確認する。

だが、その心配だけは絶対に無用だ。

「むしろ逆に、恩返しをしたいと請われてるんです」

「恩返し……。植物魔・トレントって、そんなに律儀な魔物だったのか。初めて知ったよ」

「私もですよ。話せるようになって、やっと知りました。えっと、なにか頼めることって思いつきます？」

「植物魔に頼み事をする日が来るとは思ってなかったからな……。そう言われてもすぐには出てこないな」

「ですよね……」

たぶん、断り続けても、押し問答が続くだけだ。もう辞退することはできなそうだった。

ならばなにか頼めることがないだろうかと、少し頭を巡らせる。

そうして思い浮かんだのは、かつての職場の光景だ。

私はリカルドさんに耳打ちをする。彼は初めこそ驚いたような顔をしていたが、

「君がいれば、暴れるような心配もなさそうだしね」

と、最後には首を縦に振ってくれた。それで私は改めて、トレントの方へと向き直る。

「ねぇ、トレント。じゃあ、お願いしたいことがあるんだけど」

『もちろんだ。なんなりと申しつけるがいい。わたしにできることなら、なんでも叶《かな》えよう』

「私たちの住む屋敷の周りを守ってくれないかな。もちろん、傷を癒やすついででいいよ。毎日、あのハーブ水をかけてあげるから、屋敷になにかあったときに守る役割をしてほしいの」

頼んだのは、いわば用心棒だ。

王城でも、相当数の植物魔が同じような理由で育てられていた。

植物魔はうまく育てることさえできれば、自分たちの生息する場所に愛着を覚えて、なにかあったときにその場所を守ろうとするためだ。

それらはトレントとは別種の植物魔、オルテンシアといううつる植物であったが、同じような働きをしてくれるなら、ありがたいことこのうえない。

たとえば外敵が来たとして、彼らが事前に危険を察知してくれれば、対策も取りやすいというものだ。

「どうかな？　やりたくなかったら断ってね」

私はトレントに向けて、右手を差し出す。

すると小さな枝たちが絡まり始め、手のような形が作り出された。そしてそれが、私の手を掬う。

『なるほど……。それは恩の返し甲斐《がい》がありそうだな。それに、申し分のない環境だ。うむ、ぜひにやらせてほしい』

トレントは、いともあっさりと私の提案を受け入れてくれた。

大きな決断になると思ったから、その早さには驚かされる。

「そんな簡単に決めていいの？」

『むしろ、ここまでしてもらって、決断しない理由がない。世話になる』

言葉の調子は畏《かしこ》まったものだし、抑揚もあまりない。が、喜んでいるらしいのはその葉がわさわさと揺れている音でなんとなく分かる。たぶんこれは、心地のいいサインだ。

他の人が聞けば不気味に思うのかもしれないが、こうして機嫌が分かるのも、【庭いじり】改め【開墾】スキルの特徴なのかもしれない。

『では、これからよろしく頼む。…………して、娘よ。名をなんと言う？』

「マーガレットよ。それからこっちは、開拓使のリカルドさん！　こちらこそ、これからよろしくね。あなたの名前は？」

『あいにくだが、わたしには名がない。適当に呼ぶといい』

「じゃあえっと……、トレちゃんとかどう？　あれ、でも性別とかないよね、どうしようか」

『呼び方など、なんでも構わぬが』

ともかく、こうして心強すぎる見張り番が仲間に加わることになる。彼だけでも百人力だ。そう、そのときの私はそう思っていたのだけれど。

屋敷の周りに移動してきたトレントは、トレちゃん一体ではなかった。

「な、な、なんでこんなにたくさん!?　本当に大丈夫なんですか、マーガレットさん！」

数日後、早朝。

リカルドさんの部下の一人が泣き叫ぶような声をあげながら、裏の井戸で顔を洗っていた私の方に走ってくる。

悲愴《ひそう》な顔をして、表の方を指さすから、そちらへと足を向ければ、あらびっくり。

耕している途中の畑を囲むように、大小十体以上のトレントが屋敷の周りに大集結しているのだ。

「これ、さすがにまずいんじゃ……？　襲われたら終わりですよ」と、彼は震える声で言う。たぶん暴れるトレントに追い回されたことで、恐怖が植え付けられてしまったのだろう。が、私だって放心したいくらいだった。さすがに、これは聞いていない。

私が戸惑っていたら、彼らはいっせいにこちらへ向かって、その葉をしだれさせるようにする。

【開墾】スキルが教えてくれる感覚によれば、これは忠誠を誓う際の行動だとか。

いや、でもなんで……！

「えっと、どういうこと？　もしかして、森でまたなにかが起きた？」

私は、トレント群の中から、もっとも深く関わったトレント＝トレちゃんを見つけて話しかける。

彼は幹の太さ、全体の大きさが他の個体と比べても桁違いなので、すぐに判別がついた。

『いいや、そういうわけではない。マーガレット嬢、それからリカルド殿。二人の恩に報いるための最善の手段を考えた結果だ。わたし一人よりも、大きな力になれる』

「……これだけのトレントが私たちのために？」

『わたしは、この森にいるトレントの長《おさ》をしているのだ。声をかければ、皆が集まってくれた。統率ならば問題ない。わたしたちが、しっかりと警護させていただこう』

そういえば、失念していた。

「トレちゃん」なんて可愛《かわい》らしい名前をつけたが、その大きさを考えれば彼は、人間でいう老人と言っても過言ではない。つまり、長老クラスの偉いトレントだったらしい。

正直かなり面食らった。

が、まぁ悪い話でもない。

暴れ出さないよう、きちんと向き合って世話さえしていれば、植物魔に有害性はないのだ。

「うん、よろしくね！」

私がそう笑顔で答えれば、リカルドさんの部下の方は「そんなぁ」とうめくが、きっといつかは慣れてくれるはずだ。

こうして、大量のトレントが私たちの仲間に加わることとなった。

マーガレットが王城を追放されて、ひと月ほど。

王城内の各種事務作業は、ひどい滞りを見せていた。

「な、なんで、こんなに毎日問題が起きるの！」

と悲鳴をあげるのは、ベリンダ公爵令嬢の派閥に属する女官の一人だ。

マーガレットがいなくなって以降、王城の庭整備を担当している。

が、その庭はいまや荒れ放題になっていた。

つる植物魔・オルテンシアが急激な成長を見せて、暴走したのだ。その勢いは、いよいよ庭を覆いつくすほどとなり、まったく制御できていない。

オルテンシアは、有事の際の防御策にもなるとして、五年ほど前に王城の砦《とりで》に植えられた。

きちんと世話をしていれば、普段は大人しく、なんら普通の植物と変わらない。

だが、扱いを一つ間違えればとんでもないことになる。

「ちゃんと、栄養価の高い肥料をあたえたはずなのに……」

と、その女官はいぶかしむが、そう単純なものではないのだ。

植物魔だって人間と同じで、個体によって好みや性質が異なる。

それを無視して、判で押したような世話をしてしまえば、当然合わない個体も出てくる。

もともとは、マーガレットが彼らの世話を一手に引き受けていた。

最初に植物魔が導入されたときから、ずっとだ。彼女は【庭いじり】スキルにより、植物魔一体一体の特徴を把握して、細やかな手入れをしていた。

そのため、暴走などすることなく、彼らの状態は常に安定していた。

が、そのマーガレットはもういない。突然の処分であったから、引き継ぎなどもなされていなかった。植物魔に詳しいものを呼んできても、一度暴走したら、止まるまではただ待つほかないと言う。

そうなってしまったら、女官たちにはもう手のつけようがなかった。

そして、似たような状況は、また城内の別箇所にある庭でも起きていた。

そこは、来賓などを迎えた際に、茶会などを催す場所でもある。そのため普段は、色とりどりの花々が旬の時期には咲き誇っていたのだが……

「ひぃっ!?　なに、この大量の虫は！　いったいどこから発生してるの！」

今はその色味が見えなくなるくらいの虫が発生していた。

王城内は、かなりの敷地面積があり、庭はそのいたるところに設置されている。

そうなれば、すべてを綺麗に保ち切るのはかなり難しい。これまでも害虫などが発生することもままあったのだけれど、今回はその駆除ができなかったのだ。

おかげで本来ならば美しい赤黄青の花が並ぶはずの花壇は、羽虫により真っ黒になり、肝心の花が枯れている。

「きゃあ、気持ち悪い、無理!!!!」

「ちょっと、こっちにこないでよ。あんたらの派閥の問題でしょ」

「いいや、あなたたちにも責任は——」

こんなどうでもいい争いを、猛威を振るう害虫を前に繰り広げる。

これも、マーガレットがいたときは、大事にならなかった。

早い段階でその兆候に気づいて、対処をしていたためだ。害虫駆除も、そもそもの予防も、お手のものだった。

今回の害虫の大量発生だって、【活性】の特徴を持つ魔素を含んだ栄養分のやりすぎによる、人的ミスだ。

マーガレットはそんな調整も、【庭いじり】を使ったことにより、対処方法を引き出していたのだから、もうどうしようもない。

これまでまったく庭作業に関わってこなかった女官たちには分かりようがなかった。

事ここに至って、女官らはみな思うのだ。

「マーガレットさえいれば」、と。

王城で起きたこれらの問題は、日が経《た》つにつれて、貴族らの中でも大きな議題となっていった。しだいに責任を問う声も大きくなる。そしてその矛先は、ベリンダ公爵令嬢へとのしかかっていた。

島流し後、マーガレットの評価が本人のいないところで上がっていくのとは反対に、それを実行したベリンダには批判が集まりだしていたのだ。

『マーガレットが王女を操ろうとしていた』という嘘も、『代わりに王女に接近して、権力を握りたかった』という本音も、一部の貴族たちには感づかれ始めていた。

そんななか、ベリンダは自ら王城へと赴く。

普段は自分から登城することなどほとんどなく、派閥に属する女官たちに命令だけを下して、自分は毎日のように茶会をするなど、優雅な暮らしを送っていた彼女だ。

だが、噂《うわさ》や評判に敏感な彼女は、気づいていた。

事がここまで及んだ以上、失地を回復するためにはもう、自ら問題を解決するほかなかった。

「べ、ベリンダ様!!」

突然の、公爵令嬢の来訪だ。

必要以上に畏まって、おびえながら迎える女官たちに、ベリンダは冷たい視線をくれてやる。

「まったく、どいつもこいつも使えない……!!　虫とか草とか、しょうもない。そんなことでわたくしの手をわずらわせないで」

……こうは言ったものの、ベリンダははなから自分がなにか手を加えるつもりはなかった。

ベリンダ自身のスキルは、【付与】。他人の能力を高めるものでもあったが、それすら使う必要はないと思っていた。

たかが庭だと、高をくくっていたためである。ここに来たのはそう、いわばパフォーマンスだ。

ベリンダは、何人かの【火属性】スキルを持った人間を伴ってきていた。

彼女は彼らに命じて、オルテンシア、害虫ともども焼き払わせる。

オルテンシアがあげる悲鳴はすさまじいものだったが、ベリンダは耳を塞ぎ、ただただ冷徹に見守る。

荒っぽい策ではあったが、一応は片が付いた。

「ふんっ、なーんだ。これくらいで終わる話なら、最初からこうしておけばよかったじゃない。あとは、新しい植物魔と、花壇の花を手配すれば終わりね」

余裕しゃくしゃくのベリンダを見て、女官たちもみな安堵していたのだが、しかし。


翌日、状況はさらに悪化していた。

その害虫は、魔力を一定程度吸収できる性質があり、火属性の魔力を蓄えたことにより、燃え尽きるどころか増殖していたのだ。

一方の植物魔・オルテンシアは、生き残っていた一部の個体が暴走を始めてしまう。

地下に残ったわずかな根から急成長したうえに制御がまったく利かず、挙句には人を襲うまでになってしまった。

そのときは、女官一人の被害であったが……これでもし王族の誰かが襲われていたら、大事だ。

やがて、ベリンダはこれらの失態について糾弾されることになるのだった。

一章 三話 肥料を求めて森へ

chapter 01

離島へと流されて、約一か月。

「よーし、じゃあ今日も頑張りましょう！」

太陽がさんさんと輝く青空の下、掘り起こした畝を前に、私はこう意気込んでいた。

時が経《た》つのは早いものだ。

初めはリカルド・アレッシ侯爵のもとで使用人として勤務する、という話であったが……、話し合いの末に今は役割が入れ替わり、私が開拓の中心人物になっている。

「うん、そうだね。教えてもらってもいいかい？」

こう柔和な笑みを投げかけてくるリカルドさんは、その見た目の印象通り、元はバイオリン弾きの文化人であり、なんともまぁ開拓使向きではなかったためだ。

だが、かわりに家事は完璧にこなしてくれるし、今のように手伝ってもくれる。

今日は、新たに作付けを行おうと考えていた。

正直、スキルを使って一人でやることもできそうだったが、彼が志願してくれたのだ。

ちなみにリカルドさんの部下の方々は、海に魚を捕獲しに出かけているから不在にしている。

そういえば、私が魔ネズミ・タランチュの牙から作った銛《もり》を片手に、かなり意気込んでいたっけ。

あのぶんなら、戻りは遅そうであった。

「えっと、等間隔で植えていけばいいんだね？」

「そうです。すでに穴は掘ってあるんで、そこにこの採ってきた苗を、土を落としてから深く植えます。最後に愛情をこめながら均《なら》してもらえれば！」

そのためリカルドさんと二人、作業を始めていく。

今日植えるのは、ヘホかぼちゃである。その皮は濃い緑色で、中は綺麗《きれい》なオレンジをしている。

そして、こぶりながら、甘みが強いのが特長だ。もともと島に野生の状態で生息していたから、気候や土質との相性は問題ない。野生のものであるが、十分な養分を与えれば、作物としても通用するはず。

そう、【開墾】スキルがぼんやりと教えてくれていた。

作業は順調に進む。

しかし、決めていた範囲である畝三つ分の範囲はそこそこの広さだ。

気づけば、かなりの時間が過ぎていた。空を見あげてみれば、雲が太陽を覆うようになっており、海から流れてくる風も結構強くなってくる。

「このままじゃ、すぐに飛ばされるんじゃないか」

なんてリカルドさんは心配するが……それは無用だ。

「トレちゃん、風除《よ》けお願いしていいかな！」

『あぁ、わたしたちに任せておくといい』

【開墾】スキルに目覚めたことで、植物魔と会話ができるようになった私は、トレントたちを仲間に加えていた。

彼らは、自らの枝や葉を地面近くまで下ろしてきて、それを編むように絡ませる。

すると、どうだ。ほどよい風が吹くことにより、作業にはより快適な環境が出来上がっていた。

これなら、植えている途中に苗が飛ばされてしまうこともない。

おかげで、作業は無事に予定通り進行する。

そうして夕方に作業が終わったら――

「マーガレットくん。よく動いただろう？　たんと食べるといい」

「リカルドさん、本当にありがとうございます……！　って、それはリカルドさんもですよ。植え付けも手伝ってもらったのに」

「いいんだ。それに僕は君に教えてもらってばっかりでむしろ足を引っ張っていたと思うよ。それに、この魚は部下が獲《と》ってきたものだ」

リカルドさんによる、ハイクオリティなお料理で晩ご飯だ。

今回は、前に植え付け育てていたハーブの数種類をブレンドしたものと、彼の部下の三人が釣ってきた鯛《たい》を使った蒸し料理だった。

「どうかな、ちゃんと味が美味《おい》しいといいのだけれど」

「もう最高ですよ、リカルドさん！　食べてるだけで健康になりそうな味です」

「……それ、褒めてくれているのかい？」

「当たり前ですってば！　ちょっと言葉が下手《へた》なだけです」

その味は、毎日食べても飽きないであろうかなりの高水準だ。もう、前の食生活には戻れないと思う。

今の私は人間から貰《もら》える餌に味を占めて、好き嫌いをする猫と同じ状態だ。

「明日はどんな料理だろうって、うっかり食べ終わってすぐに期待してしまうくらいです」

「はは、それは早すぎる気もするけどね」

なんて言いながら、リカルドさんは笑みを隠しきれていない。

口に軽く手を当て、唇から白い歯を覗《のぞ》かせて微笑《ほほえ》む。

いつ見ても綺麗な顔だ。

最近は、太陽光が降りそそぐなか作業を手伝ってくれたこともあったのに、どういうわけかその肌は相変わらず、磨き抜かれたシルクみたいな白さを維持している。

しかも、長いまつ毛の下には、濁りのないエメラルドグリーンの瞳が収まっているのだから、嘘《うそ》みたいだ。作り物と言われても信じられるその輝きに、ついつい見とれてしまう。

眼福、かつ満腹だ。

正直、最高の職場環境だった。

人によっては身体《からだ》がきついかもしれないが、もともと太陽のもとで動くのが好きな私には、ぴったりだと言える。

なにせこの離島には、面倒くさい派閥争いも、女同士の妙な争いもないのだ。

島流しにされると聞いたときはどうなることかと思ったが、ここまで幸せな生活ができるとは考えもしなかった。

控えめに言っても島流し、最高！

計らってくれて、ありがとう、ヴィオラ王女……！


——とまぁ、基本的には満足していたのだけれど。

やっぱり、王城の庭整備をしていたときと異なるのは、あらゆるものがないので、自分たちで用意しなければならない点だ。

「肥料が欲しいので、森の奥に材料の探索にいきましょう」

ヘホかぼちゃを畑に植え付けて数日。

私は朝食後の席で、リカルドさんにこう提案していた。

「肥料か……。それは必須なのかい？」

「いえ、必須というわけではないんですけど……。土の栄養素をかんがみると、若干不足しているようでしたので。どうせだったら、豊かな土にしたいんです」

それを知ったのも、もちろん【開墾】スキルによるものだ。

土に直接触れて、そこでスキルを発動することで、土の栄養状態が分かる。

ここらの土は、少し水持ちがよすぎるものの、その土質自体は悪くない。

だが、何度も生えては刈られていたらしいスゲ草が養分を吸いつくしたせいか、やや痩せ細った状態になっていた。

ハーブ類のように繁殖力が強いものは育つが、ヘホかぼちゃには少し厳しい環境かもしれない。

「土が植物をはぐくむと言っても過言ではないんです。土づくりがうまくいけば、野菜作りも自然とうまくいきますよ、きっと。どうでしょうか」

私は、そう熱弁を振るう。思い余って、テーブルから身を乗り出してしまった。

それに対して、リカルドさんは後ろへとのけぞる。

やりすぎてしまったかも……と私は反省するのだが、彼は一つ咳払《せきばら》いをしたのちに首を縦に振る。

「……なるほど、分かった。たしかに必要らしいね。じゃあ、今日は森に出ようか。トレントたちが暴れなくなったから、少しは安全になっているだろうしね」

「本当ですか！　ありがとうございます！」

聞き入れてもらえた喜びから、私はうっかりまた前のめりになる。

再びリカルドさんを驚かせることになってしまった。

それから少し、私たちは出発の用意を整えて、屋敷の前に集合する。

森の中へと行くのは、リカルドさんと二人だ。部下の方々には残ってもらい、屋敷の見張りをしてもらうことになっていた。

「万全の装備って感じだね？」

「はい！　便利アイテムも色々作りましたしね」

より動きやすいような服装を意識して、シャツの上にオーバーオールを重ねた。

この服がいいのは、一応防御用に硬い繊維が使われていることもそうだが、腰部分にたくさんポケットがついていることだ。そこにはナイフや緊急回避用の秘策である自作のハーブ団子を入れてきた。

屋敷のすぐ先にある森には、トレントたちが生息していたように、一般的な動植物のみならず魔物たちも生息している。

リカルドさんによれば、森の中には魔素が溢《あふ》れている地点があり、その周りはとくに数が多いらしい。

一口に魔素といっても、色々と種類があり、すべてが悪いものであるわけじゃない。中には植物の生育を促進する効果を持つものもあるが……魔素を摂取することで力を蓄える魔物が多いのは事実だ。つまり襲われたりする危険も、それなりにある。

リカルドさんも、用心しているらしかった。

いつもとあまり変わらぬシャツとスラックスのスタイルだが、マントを一枚羽織っていて、足元も森の中を歩くときに用いられるブーツで固めている。

立派な冒険者然とした格好だ。

……なんか私の格好、庶民すぎる、もしかして？

思いはしたが、これが動きやすいのだからしょうがない。

「さぁ行こうか、マーガレットくん」

それにリカルドさんも、そんなことは気にしていないようだ。

私は気を取り直して、さっそく出発する。

いざ森に向かわんと、トレントたちに挨拶をしつつもその脇をすり抜けていこうとすると、

『マーガレット嬢、森に行くのか』

そこでトレちゃんに声をかけられた。

「うん、肥料を作りたいの。だから材料探しに森の中を少し歩いてみるつもりだけど、それがどうかした？」

『そういうことなら、わたしたちの方が詳しいな。よければ、わたしたちが力になろうか』

「力に……？　どうやって」

と、私が問い返すや、その答えは声ではなく行動で返ってきた。

他のトレントたちの間を縫うようにして、一体のトレントがこちらまで駆けてくる。

その全長は、かなり小さい。といっても、私の身長の数倍ほどはあるが、周りのトレントに比べれば、半分程度の高さだ。

「こ、こども？　こんな子もいたの」

『わたしが大きいから見えていなかったか。実の子というわけではないが、われらの仲間の中ではもっとも若い。まだ樹齢三十年ほどだ。マーガレット嬢らの足として、連れていくといい』

そういえば、彼らは根を器用に動かして移動もできるのだった。

たしかに、彼程度の大きさであれば小回りも利くし、移動手段になってくれるのならば最適かもしれない。

『乗ってくれていいよ、マーガレットさん、リカルドさん』

小さなそのトレントは、自分の枝と葉を器用にかみ合わせて、その肩となる部分に椅子のようなものを設けてくれる。

「これって、乗せてくれるってことかい？」

「はい、この子はそう言ってますけど……」

重みで折れたり、負担になったりしないものだろうか。

私たちが少し戸惑っていたら、彼は自らの腕である枝を私とリカルドさんの身体にそれぞれ巻き付け、掬《すく》い上《あ》げる。

「えっ……」

なんて声をあげているうちに、優しく椅子の上に置いてくれた。

私の心配はどうやら完全なる杞憂《きゆう》だったらしい。

『心配いらないよ。おれ、力には自信があるんだ。さあ、もう行こうか』

彼はそう言うと、私たちの腰元に複数本の枝を、まるでベルトのように巻きつける。

……これで落ちる心配もなくなった。

そのトレントは、さっそく森の奥へと動き始める。根を地面に這わせるようにして移動するからほとんど揺れもない。超安心安全設計になっているときた。

『角度がきつかったら言ってね。なんなら、柔らかさだって変えられるよ。葉を増やしたら、よりふかふかだ』

そのうえ、背もたれを後ろに倒してくれたりなんかもするのだ。

馬車の硬い椅子に座っているより、よほど優れた乗り心地である。

あれは乗り続けていると気分悪くなるしね。それに比べてこちらは、高いところから景色まで見られて気持ちがいい。

「葉っぱで扇《あお》いでくれている……のか？　なんというか、至れり尽くせりの状態だな……。いいのかな、こんなに楽をして」

『いいんだよ、リカルドさん。おれにもいい運動になる』

「いいんだよ、って言ってます。もう、あんまり気にしないで、ありがたく乗せてもらう方がいいのかもしれませんね」

トレントとともに私たちは、森の奥へと進んでいく。

その途中で、リカルドさんが思い出したように「そういえば」と私に尋ねた。

「肥料っていったいどんなものを言うんだい？　森で採取すると言ったって、それそのものが落ちているのかい？」

「まぁそれに近い形のものは。私たちもよく知るやつですよ」

「……なんのことだい？」

「え、フンですけど？　なにかしら動物の。人間のものより、動物のものの方がいいんです。あ、でもできれば魔物のものがいいかもですね！　魔素にも色々ありますけど、植物の成長を促進してくれる魔素ならなおよしです！　一気に成長を促進できるかも」

私はそこまで言って、隣のリカルドさんを見る。

こめかみを指先で掻《か》きながら、

「…………なるほど、はは、はは……」

と、あからさまな作り笑いをしていた。

そのあとには、トレントの葉が揺れる音だけがむなしく響く。

まぁ普通、そんなものが肥料の原料として使われているだなんてことを、文化人をしていた侯爵貴族様が知っているはずもないか、うん。

「それでミニちゃん。どこに行けば、動物のフンが手に入るかしら。できれば、そうね……。ミノトーロみたいな、大型の魔牛がいてほしいんだけど」

私は案内役兼足になってくれたトレントと、すぐに打ち解けていた。

『ミニちゃん』と愛称をつけさせてもらった彼に、私は気さくに尋ねる。

『それなら、見たことがあるよ。たしか、島の屋敷寄りでは一度だけだけどね』

「一度か――……まぁ、いいや。とりあえずその目撃した地点に向かってもらえる？」

『分かった。任せておいてよ』

目的の場所は、だいたい目星がついているらしかった。

ミニちゃんは進む方向を変えると、背の高い森の木々の間を次々にすり抜けていく。

しかしまあ、際限がないのかと思うくらい、森は広かった。

ミニちゃんが結構な速さで走ってくれても、どこまで行っても、森だ。

「どこまで続いているんでしょう、この森って」

と私が漏らせば、リカルドさんも「分からないよ」と言う。

「エスト島はかなりの広さなんだよ。一度、船で周囲を回ろうとしたけど、それを断念するくらいにはね。どこまで行っても海岸線が続いていたよ」

「……そ、そうなんですか………」

「うん。だからこそ国は、開拓がどれだけ難航してもここの開発を諦めきれないでいる。比較的近海にあるのもあって、他の国に取られるのも避けたいのかもしれないね。ただ、島にはもう半年近くいるけど、なにも分からないな」

「……それって、本当に未知数ってことですよね」

「あぁ、そうなるね。ここに流されるときに見せられた昔の文献では、人が住んでいたって記録もあるけど、何年前のものかは分からない。それに、まだ会ったことはないな。そもそも、森に入るのは、動物を狩るときだけだったから」

初耳の話ばかりだった。

私が島流しにあったときは、あくまで使用人の扱いだったからだろう、そんな情報はいっさい渡されなかった。

「未知すぎますね、ほんと。でも、わくわくもします。今後はミニちゃんで移動すれば、一気に探索範囲も広がりそうですし、地図とか作れたら便利かもですね」

「まぁ、そうだね。いつかもっと準備を整えたら、考えてもいいかもしれないな。でもまぁ今日のところは食料の準備もないし、その……」

「そうですね、今日はフンが優先ですね」

「……そういうことかな」

フンと言うだけのことを躊躇《ためら》って、目を逸《そ》らす彼に、私はくすりと笑う。

「てっきり、屋敷のトイレ掃除で慣れているのかと思ってました」

「トイレの肥えだめ掃除だけは、部下に任せているんだ」

なるほど、これも育ちの違いなのかもしれない。

普段はなんでも受け入れてくれそうなくらい、余裕の二文字を纏《まと》っている彼が、こんなことで照れているのだから、可愛《かわい》らしい。

一方、ミニちゃんはといえば、真面目な子らしい。そんな会話に気を取られることもなく、着実に森の中を進んでくれていた。

『おれを倒そうなんて、無理無理！』

途中、魔ウサギという、群れで襲い来る魔物が私たちを狙って攻撃を仕掛けてきたのだけれど……。

ミニちゃんは、自分の枝をムチのように使って、跳びかかってくるウサギたちを蹴散らす。

そのうえで、倒れた魔ウサギを、私たちを乗せていない方の肩の上に置く。

『これって食べられたりする？』

「うん、シチューにすれば、美味しいよ。ありがと」

「……驚いたな、ここまでとは。これなら、タランチュにもやられなかったんじゃないかな」

その一連の流れには、剣に手をやり戦おうとしていたリカルドさんも、目を丸くしてあっけに取られていた。

彼の疑問に対する答えは、こうだ。

『あなた方のおかげで、おれたちの傷はすっかり癒えている。おかげで、本来の力を出せるようになってきたみたいだ』

トレちゃんが暴れているときは、かなり脅威に感じた。が、ミニちゃんの言葉を信じれば、あれでも万全の調子ではなかったらしい。

おかげで、ほとんど魔力を使うこともなく、ミニちゃんがかつて牛を目撃したという地点までたどり着く。

が、しかし。

そこに大型魔牛・ミノトーロの姿はなかった。

「どうやら、ここにはいないらしいね。気配のようなものも感じない。たしかミノトーロは草があるところにいるはずだから、もうどこかへ移動したのかもしれないね」

「足跡とかもとっくに消えてるみたいですね、全然ありません……」

私たちがこう意見を交わしていると、ミニちゃんが嘆く。

『……もしかすると、古い情報だったかもしれない。長生きするおれたちにとっての少し前は、人間でいう数か月前のことだ。そのずれがあるのを忘れていた、申し訳ない』

やっぱりトレントたちは律儀だ。

しゅんと落ち込んで、反省の色を示す。

が、まぁしょうがない。こんなこともある。詳細を聞かなかった私も悪い。

頭を切り替えて、代替案を提示する。

「じゃあ、さっきの魔ウサギのフンに切り替えましょうか。ちょっと栄養分としては劣りますけど、まぁ、ないよりマシです」

「うん、そうだね。あまりこだわって、日が暮れる時間になったら、魔物たちも凶暴になるからね」

ミニちゃんがそれに従って、引き返そうとしたそのときだ。

目に映っていた景色が一気に灰色がかる。突然のことに、なにかと思って目をしばたいて少し、土の色だけは場所によって、赤や黄、白と違った色に映って見えることに気が付いた。

【開墾】スキルが、勝手に発動した……？

でもいったい、なにが違うのだろう。気になってしまったら、確認せずにはいられない。

「ミニちゃん、ここで少し下ろしてもらえる？」

『うん、構わないけど、どうしたの？』

「まぁちょっとね。まだ私にも分からないの」

『……よく分からないけど、とにかく下ろせばいいんだね？』

ミニちゃんは、私とリカルドさんをその枝で優しく包み上げると、地面まで運んでくれる。

彼にお礼を言うや私は、すぐその場でしゃがみ込んだ。

そこにあった土は、黄色に鈍く光っている。私はそれを、手のひらの上で丸めてみることにした。

「なにをやってるんだい？」

私の手元を覗き込んで、リカルドさんが聞く。

「土質を見てるんですよ。この土は、崩れやすいので乾いてるみたいですね。これじゃあ栄養も少ないかも」

私はそれを確認するや、今度は赤っぽく光る土の近くへ行く。そちらは日陰にあり、少し水っぽい。

そして最後、白く光っていた土はといえば、かなり質がいい。ほどよく水を含んでおり、ほろほろと崩れる。植物が多く生えていたことを思えば、たぶん栄養も豊富な土なのだろう。

どうやら、色で土質を見分けることができるようになっているらしい。

それだけなら、触ればある程度は分かるのだけれど……、それはあたり一帯に向けてみても有効であった。

「これって……」

「マーガレットくん？　はっとした顔をされても、僕には今のところ、土をいじっているようにしか見えないんだけど」

「あ、ごめんなさい。なんか私、土の質が分かるようになったかもしれないんです。それと、ミノトーロの居場所も、もしかしたら」

「……土の質で？」

私はこくりと首を縦に振る。

白い光を放つ土、つまり良質な土はある一定の方向に向かって点在しているようだった。

実際、見える範囲ではあるが、そのあたりは周りに比べて、草がたくましく生い茂っている。栄養分を吸われてなお、この輝きだ。

それはつまり、とくに肥料として優秀なフンを残す魔牛・ミノトーロが移動していった道だと言えるのではないか。

「試しに行ってみてもいいでしょうか、だめだったら引き返しますから」

私の頼みに、リカルドさんは軽い笑みを浮かべる。

「断る理由がないよ」

『二人とも、おれに任せて。すぐに連れていくよ』

ミニちゃんも、すんなりと引き受けてくれた。

私たちは再びミニちゃんに乗せてもらう。

その後は細かく指示を出しながら、その白い光の続く道をたどってもらった。

すると、どうだ。

その光の示していた道の先には本当に、ミノトーロの姿があった。

「……なんて、とんでもないスキルなんだ、君のそれは。それに、そんな使い方もできるのだな」

「私もびっくりしてます、我ながら」

どうしようもなく地味だとされてきた【庭いじり】スキルに、ここまで便利で特殊な進化が待っていようとは、考えもしなかった。

さて、達成感にひたってはいられない。

見つけたからといって、ミノトーロたちに、簡単に近づくことはできない。

「あの鋭い角……やっぱり結構怖いですね」

「ああ、ミノトーロはかなり獰猛《どうもう》な魔物だからね。草食だけれど、自分たちの領域に入ってくる相手にはかなりの敵意を見せる。突き刺すまで、突進してくる性質があるとか、昔の知人に聞いたことがあるよ」

そう、彼らはかなり強力な部類の魔物なのだ。

この島には当然関係ないが、本土にある冒険者ギルドが発表している分類でも、群れに遭遇した場合の危険度ランクは『上の中』と、並の冒険者では到底太刀《たち》打《う》ちできないとされる。

幸い今回は三匹と数は少なかった。

が、一本角のオスが一匹と、二本角のメスが二匹。メスの方が獰猛とされるから、恐ろしいことはたしかだ。

体長は、普通の牛の約二倍。体重も当然重いだろう。

その重さに、突進する速さが加われば、とんでもない威力になるにちがいない。なんでも串刺しにしてしまうといわれるわけだ。

が、しかし。

今回私たちが手に入れたいのは、彼らが群れをなす地点の少し外れに固まっているフンだけだ。

直接戦う必要はない。

そのフンは、ありがたいことにもう乾燥して固まりかけていた。

ちょうど木陰にあって雨に濡《ぬ》れなかったことにより、発酵が進んだのだろう。あの分なら、すぐにでも肥料として役立ちそうだ。

さっきまでは諦めムードだったが、こうして目前にしてしまった以上は、なんとしても欲しい！

私は、リカルドさんと、その習性などの情報交換を行い、しばし作戦会議をする。

そのうえで、慎重に実行へと移った。

彼に放ってもらったのは、三つの焔火《ほむら》。

【火属性魔法】のスキルを持つ者が最初に習得する「火の玉」を長く持続させ、より操作性をあげた少し扱いが難しい魔法だ。

「おぉ、それです！　さすがです、リカルドさん！」

「こういうの苦手なんだけどな、本当は……。この魔法、使ったのは貴族学校にいたとき以来だよ」

なんてぼやいてはいたが、その才能が十分に備わっていることは、見れば分かる。魔法を十分に操れているのが彼らしい。

たぶん、きっとあれだ。

貴族学校の生徒だった頃は、あまりやる気がなさそうに見えて成績優秀なタイプだったのだろう。みんなに羨望の目を向けられるやつだ。

魔牛・ミノトーロは、なにか追いかけ回す対象があると、気が済むまで追いかけ回す。

そのため、フンがある場所から注意を逸らすには、もってこいの魔法であった。

「なんとか無事に、離れていったみたいですね」

「……そのようだね。正直、鍛えていないからあまり長くはもたない。さあ、今のうちに採取に行こうか。……その、あれを」

「あれですね、了解です。ここは私が行きますよ」

まぁ、この分だとリカルドさんは、いくらずた袋の上からとはいえ、触れないだろうしね。

私は一度ミニちゃんから下ろしてもらって、あたりにまとまっていたそれを、袋を裏返して掴《つか》むようにして、中へと詰めていく。

フンとはいえ、かなり貴重な肥料になる。

残さず詰め切って、念のためきっちりと封をする。やっぱり十分に乾燥して発酵済みなのだろう。そんなににおいはしなかったが、持って帰るまでの間にこぼれたりしたらもったいないしね。

私はそれを、ミニちゃんに乗ったままのリカルドさんに掲げてみせる。

そのときだった。

「モォォオォッ……!!」

一匹の魔牛・ミノトーロが猛然と突っ込んできたのは。

どうやら焔火に引っかかってくれなかった個体が残っていたらしい。その二本の長い角が、こちらへと向けられる。

「おい、マーガレットくん!!」

そいつは、明らかに私をめがけて、角を前にして駆けてきた。

このままなにもできなかったら、串刺しはまぬがれない。

が、そこで思い出した。こんなときのための秘策を、きちんと講じてきていたのだ。

幸い、正面から走り込んでくるそのミノトーロは咆哮《ほうこう》をあげており、おあつらえ向きに大口を開けていた。

「食らえ〜!!」

私は少し手間取りながらもポケットから、特製のハーブ団子を取り出し、ぽいぽいっといくつか投げ入れてやる。同時、リカルドさんの放った火の玉も、そのミノトーロは食らう。

その効果はすぐに表れてくれた。私に向かって飛びかかってきていたミノトーロは、ひっくり返るように後ろへと倒れる。

その隙にミニちゃんが私を、定位置まで掬い上げてくれた。

そのうえで安全そうな草陰まで移動してくれた。

『怪我《けが》はしていなくてよかったよ、マーガレットさん』

そういえば、彼がいたのだった。

それを考慮すれば、いきなり団子を食らわせるのではなく、素直にミニちゃんに助けを求めた方が安全だったかもしれない。

「本当に焦ったよ、どうなるかと。あまり無茶《むちゃ》な行動は避けてくれ」

「はは、すいません。次は気を付けます……」

「いいや、僕もうかつだった面もあるから責められないんだけどね」

ひやりとはしたが、なんとか目的は果たせた。

一応危機が去ったとはいえ、いまだにどくどくと鳴り続ける心臓を押さえて、ほっと息をつく。

それからさっき団子を食べさせたミノトーロを見ると——どういうわけか、地面に身体を横たえたままであった。

「あれ。リカルドさん、倒しちゃったんですか？」

「いや、あれくらいの一撃じゃ倒せないと思うな。僕はあくまで注意を逸らすために使ったんだ。……なにかあるとしたら、君の投げた団子の方じゃないか」

「たしかに、チルチル草の根を煎じた団子……えっと、鎮静効果とか魔力放出効果のあるものから作ったハーブ団子ですけど」

「じゃあ、やっぱりそれだね。見てみなよ、寝てるみたいだよ？」

……なんということでしょう。

念のための対策として作ってきたハーブ団子——チルチル団子が、効果を発揮しすぎてしまったらしい。

チルチル草の根は、過度に活発化している魔素の動きを抑えるなど、興奮状態にある者が服用すると、その昂《たか》ぶりを抑え込むことができる。

その効果が出るのがかなり早いのも、特徴の一つだ。

唾液に溶かされればその瞬間に、口の中からすぐに効果が発動される。

もともとは野草だが、これは本土においても使われていた。

魔力暴走などで苦しむ人を救うこともでき、薬としても使われているのだ。

そのため、前々から存在は知っており、だいたいの効果は把握したうえで、使ったつもりだったが……眠らせるほどのものは想定していなかった。

せいぜい少し落ち着かせるくらいのものを考えていたのに、これじゃまるで眠り薬だ。

「なんなんでしょう。もしかして、本土のチルチル草とは種類が違ったりして？」

なんて私が少し考え込んでいると……

「おいおいマーガレットくん。なんかとんでもないことになってるよ？」

それをリカルドさんが遮った。

彼が少し顔を引きつらせながら指すのは、さっき私が立っていた場所だ。

「あ、あれって……」

そこには、さっき焦って団子を取り出したがために、ポケットからこぼれ出たチルチル団子がいくつも転がっている。

そしてその団子を、元の位置まで戻ってきたミノトーロたちが食《は》んでいるのだ。

一匹、また一匹と地面に腹を置き、丸まり込んでいく。

戦闘意欲がいっさい消えているのは、はた目に見ても明らかだった。

これで襲われたりする心配はなくなったと言っていい。

それどころか、巣に帰ってきて眠りにつくかのように、まどろみを迎えている個体も多かった。

「こんなところでぐっすり寝ていたら、夜には他の魔物に食われてしまうかもしれないね。今の状態じゃ、普通の牛と変わらない。肉食の魔物からすれば、捕食対象だ」

「そ、それは避けてあげたいかもですね」

そもそもはフンをいただきにきただけなのだ。

それで彼らの集団が全滅なんてしたら可哀想《かわいそう》だし、今後の肥料確保にも支障がでる。

「…………いっそ飼ってしまおうか？」

と、先に言ったのはリカルドさんだった。

「それ、私も思いました。これだけ大人しくなるんです。このチルチル草を与えていれば、飼えるんじゃないでしょうか」

「……たしかに、そうだね。万が一暴走しないかが心配だけど、少し外れに一応、かなり広めの物置がある。そこなら、牛舎になるかもしれないよ」

「もし飼えればメリットたっぷりですね。フンも使えるし、朝は牛乳が飲めるようにもなりますよ。昔、挑戦した人がいると聞きましたが、たしか結構濃厚で美味しいとか聞いたことがあります」

「それは大きいね。料理の幅もかなり広がる……。生ものは、これまで肉や魚以外、ほとんど扱えなかったんだ。牛乳とくれば、シチューに、菓子に、幅広く使える」

「お菓子……!?　ぜひ食べたいです!!　なんだか、ミノトーロがお菓子に見えてきました」

「はは、それは行きすぎだよ。でもまぁ、置いていく理由の方が少なくなったね」

ぐーすかと眠るミノトーロを前に、私たちの意見は一致する。

そうして、フンの採取にきただけのつもりが、結果的に私たちは彼らを連れ帰ることとなったのであった。

とはいえ、かなりの巨体だ。

ミニちゃんに運んでもらうのも限界があったので、他のトレントたちを呼びに戻る。

そうして、ミノトーロを連れて屋敷の敷地まで戻ったのだが――

「お、お二人とも!? なんてものを連れ帰ってきているんですか!! こいつ、恐ろしい魔物ですよ!?」

リカルドさんの部下の方々は、トレントのときと同様、またしても過剰なくらいに恐れおののいていた。

「飼います」

「そうだね、明日からはうちの仲間になる」

と言ったら、卒倒した人もいたくらい。

お世話係を頼もうと思っていたから、雲行きが怪しそうだ。

だがまぁ、これでまた生活がしやすくなるのはたしかだし、いつか慣れてくれればいいかな？


肥料を求めて森へ行ったら、魔牛・ミノトーロを連れ帰ることになった。

言葉にすれば嘘のような激動の一日を過ごしたその夜。

リカルド・アレッシは、夜が深まる時刻になっても、なかなか寝つけないでいた。

かといって、腰を据えて読みかけの本を開くような心理状態でもない。今日一日のことを思い返すと、高揚感のようなものがずっと胸の奥から湧き起こってくるのだ。

マーガレットと交わした会話も、二人で見た色々な景色も、さまざまなものが鮮明に蘇《よみがえ》ってきて、リカルドを落ち着かせない。

そして考えてみればこんな感覚は、マーガレットがエスト島へ来てからというもの、ずっと続いていた。

今日を振り返ると幸せで、明日を考えれば、心がうずうずとしてくる。早く朝にならないかな、と前日の夜から思う。

こんなこと、少し前ならありえなかった。

逆に失意のどん底にいて、もう明日が来なければいいとすら本気で考えたこともある。

わざわざ島流しにまで付き合ってくれた部下の手前、平静を装ってはいたが、悲しみや、やるせなさは常に背中につきまとっていた。

ここへ来るまでリカルドは、音楽の世界に生きていた。

バイオリンを始めたきっかけは、両親に少し褒められたという単純なもの。それでも、きっかけとしては十分で、すぐに虜《とりこ》になり練習を重ね、どんどん上達していった。

バイオリンで生きていく、この頃から朧気《おぼろげ》ながらリカルドはそう考えていた。

それを本気で目指すようになったのは十五のとき、政変による争いに巻き込まれたことで両親を亡くした際だ。

突然のことで、ひどく悲しかった。なにもできない自分の無力さを痛感もした。が、そんなときに立ち直るきっかけをくれたのも、バイオリンだった。二人が始めさせてくれたバイオリンで生きていければ、彼らの生きた意味にもなるはず、とそう考えたのだ。

だから、身元を引き受けてくれた叔父が政治の世界に進むよう執拗《しつよう》に勧めてきたときも、かたくなに拒み続けた。もちろん、両親を死に追いやった政治を忌避していたのもある。

そうしてリカルドはいっそうバイオリンへとのめり込む。

結果、一定の地位を確立するまでに至ったのだけれど、そこでまた政変が彼を襲った。弾き手としてリカルドを雇っていた有力貴族が、反逆を企てたのだ。

ほどなく、反乱は鎮圧された。が、その際、リカルドにも関与の疑いがかかり、死罪こそまぬがれたものの島流しとなった。

しかし、それはもはや殺されたに等しい処遇であった。

両親を亡くしてもなお、こだわり続けていた音楽の道を断たれたのだから。

それからというもの、バイオリンは弾けなくなってしまった。一応、島へはもっとも愛着のある一本を持ち込んだ。が、触ってみても、手が震えてしまい、うまく音が出せない。初心者だった頃より、酷《ひど》い不協和音を奏でることしかできなくなってしまったのだ。

今でもその歪《ゆが》んだ音は、耳の奥に残って、離れない。それが消えない以上、もう弾くことはできない。

そう、思い込んでいたのだけれど。

今は少し、変わっていた。

リカルドにそう思わせるのは、マーガレットのくれた光だ。

それは単に、能力に限った話ではない。

もちろん、【庭いじり】が進化した【開墾】なるスキルはかなり有用でありがたいのだけれど、彼女の明るさは希望そのものであった。

なにに対しても全力で、不可能にも正面から向き合う彼女を見ていたら、こちらまで勇気が湧いてくる。彼女の放つ光の方へと手を伸ばしてみたくなる。

だから今だって、一つの殻を破ることができた。

「……久しぶりに見たな」

クローゼットの奥底、衣服類の裏に隠すように横たえていた木箱をリカルドは引っ張り出してくる。

半年ぶりに対面したのは、かつて愛用していたバイオリンだ。

リカルドはベッドの上に座り、それを膝上に置くと、一つため息をついた。

箱を開けるのは、正直に言えば怖い。中から暗闇が飛び出して、一気に広がっていくような恐怖感が手を震わせる。

ただそれでも、リカルドはそれを開けた。

マーガレットの眩《まぶ》しい光に導かれるように。

一章 四話 王女からの手紙

chapter 01

ミノトーロを屋敷に迎えてからしばらく。

本土から配給品を乗せた船が、エスト島の港までやってきた。

いわゆる定期便だ。

リカルドさんは、罪を着せられ島流しの憂き目にあったとはいえ、同時にこの島の開拓をも請け負っている。

そのため、月に一度はこうして船で物資が運ばれてくるのだ。

船が来るのは、私がこの島へと来たとき以来だった。

私たちは、浜辺にある小さな港まで、その出迎えに行く。

その後、乗っていた役人らにも手伝ってもらい、屋敷まで荷物を運んだところ――

「な、な、なんだ、これは……!?」

そこで腰を抜かしそうな勢いで驚かれた。

その役人は勢い込むようにリカルドさんの方を振り向き、早口で、尋ねる。

「前は、まったく未開拓の草原が広がっていたと記憶しているのですが、いつからこのように整備された畑になったのですか！　たしか、一向に開拓が進まないと嘆かれていたように思うのですが……」

「あー、僕は大したことをしていないよ。彼女がよく働いてくれるおかげで、やっと開拓が進みだしただけさ」

リカルドさんは薄く笑みを浮かべると、私に目を流す。自分の手柄にしてしまえばよいものを、きちんと説明するあたり彼は律儀だ。

「マーガレット元女官……。なるほど、彼女が……」

役人は、ちらりと私の方を見る。

一応の礼儀としてぺこりと頭を下げると、どういうわけか視線を逸《そ》らされた。

「と、とにかくあとで少し記録をさせてもらってもよろしいでしょうか。王城に戻った際、報告をしますゆえ！」

役人の態度、そして発言には、なにか含みがあるように感じた。

だが私に直接なにか言ってくるわけでもなく、荷物の搬入が再開される。

その後、役人らは敷地内の視察へと移った。

リカルドさんが案内役を務めてくれたから、私はその後ろをついていく。まぁ、役人らにいらないことをされないよう見張る意味合いもあったけれど。

「な、な、これだけのトレントに囲まれているだって……!?　リカルド様、大丈夫なのですか！これではいつ屋敷が襲われても不思議じゃないんじゃ」

「あぁ、問題ありませんよ。彼らにはあえて、そこにいてもらっているんです。大事な私たちの仲間です」

「と、ということは、まさか⁉　これを世話しているのも――」

「ええ、彼女ですよ。王城の庭でも、植物魔の世話をしていたそうで、味方につけたあとは手入れもしっかりとしてくれています。暴走の心配もありません」

「どうやったら、こんなこと……って、な、なんだ⁉　今度は魔牛・ミノトーロ⁉」

「あぁそれは飼ってるんです。触っていきます？」

「触りません‼　あの魔牛ですよ⁉　それを飼ってるなんてありえるわけないでしょ……って、なんかすごいリラックスしてるし！」

そこでも役人らは、驚きっぱなしになっていた。

私とリカルドさんからしてみたら、日常の光景なのだけれど。

一方で、上から降るように聞こえるトレントのうめきに怯《おび》えているのか、声が少し震えぎみだ。

だが、実のところその会話内容はこんなものだ。

『マーガレット嬢にかかれば、わたしたちの世話くらいどうということはないね』

『うん。初めはタランチュどもの駆逐をしてくれた礼としてここに来たが……、すっかりこの場所が気に入った。もう離れたくないね』

『奇遇だな、わたしもだ。マーガレット嬢たちを見守るのは、いい日課になっている』

……なんて、恥ずかしいのだろう…………！

というか、トレントたち、私への評価高すぎない？　が、そんな会話は二人には聞こえていない。

役人とリカルドさんが話す後方で、私は一人もだえる羽目になり、不思議な顔を向けられる。

そんなこんなのうちに、どうにか視察は終わってくれたのであった。

あとは、見送りに行くだけ。結局、私に対する態度に別に深い意味はなかったみたい。そんなふうに気を緩めていたら、「マーガレット・モーア様、少しこちらへ」と役人の一人に呼び止められた。

嫌な予感が走る。まさか刑が変わって、処刑とか!?

冷や汗たっぷりで、彼についていき、屋敷の裏手まで行く。

「マーガレット・モーア様。こちらをお預かりしております」

そこで渡されたのは、一枚の封書だ。

その裏側に押された判を見て、私は思わず息を呑《の》む。

封書に押されていたのはアヤメの花を模した紋。この国の主、フルール王家の紋だ。

まさか、本当に処刑宣告……？　そう頭にはよぎるが、差出人を見て、少し安堵《あんど》した。手紙の送り主は、ヴィオラ王女。

身分はまったく異なるが、王城に勤務しているときには仲良くさせてもらっていた相手である。

「すぐに返事が欲しいと申し付けられております。できれば、今回の便でお返事を持って帰りたいのですが」

「は、はい……！　すぐに書きます！」

王女様の頼み事だ。

できれば、と彼は言うが、実質的には絶対だ。それに私だって一か月も返事を渡せないなんて、じれったい状況にはなりたくない。

私は手紙を握りしめ、慌てて自室へと飛び込む。

そこで手紙の内容を確認して、思わずぽかんと口が開いた。

「――王城の女官や役人たちが私を離島から連れ戻そうとしてる、ですって⁉」

まさかの事実だった。

手紙に記された中身によれば、私がいなくなってから、王城の庭が大変なことになっているらしい。

植物魔・オルテンシアが燃やされてしまって、大暴れしているとか、パンジーを植えていた花壇に害虫が出てまったく駆除ができていないとか、花が枯れただとか。書かれていたのは、あまりの惨状だ。

王城の庭で起こったさまざまな問題。

その対処には、かなり苦労しているらしい。

この間はついに、地方で名を馳《は》せていた庭師を呼んできて世話をさせたそうだが……彼らでさえ「私には到底無理です！」とさじを投げたのだとか。

結果、対応に行き詰まった王城内の環境整備を担当している管理所では、その対処のために私を呼び戻そうとする声が大きくなっているようだ。

さっき役人が意味ありげに私を見ていたのは、これが理由だったらしい。

……正直もう戻りたくはなかった。

島での生活はとても快適で、変なしがらみに縛られることもなければ、よく働き、よく食べて、よく眠る最高の日々を送れている。

こんなに、いい居場所はそう見つからないだろう。

王都に帰って高い給金をいただけるとしても、それよりも、ここに留《とど》まりたい。

が、しかし。

王女様の命ともなれば、それは元女官程度の身分の私にどうにかできるものではない。

それにヴィオラ王女は、女官らの中で孤立する私に、とても温かく接してくれた。王城の中で唯一と言っていいくらいの恩人だ。

彼女のためならば、しょうがない。

そう考えて読み進めていたら話の方向性が変わった。

『親愛なるマーガレット。

あなたのことだから、エスト島のことが気に入っているのでしょう？　あなたのことは、友人だと思っておりましたから、そのあたりはよく分かっています。

だからあえて、緑豊かなその島での奉公を命じたのです。ですから、希望するのなら戻ってくる必要はありませんよ。

ただ、植物魔、害虫の対処法を返事にしたためて、私にお送りくだされればそれで結構です。後は、こちらでうまくやっておきます。　　　ヴィオラより』

……あぁ、なんてありがたいお人なんだろう、王女様は。

じーんと、胸の奥が熱くなってくる。

相手は、一国の王女だ。私のことをよく理解したうえでそこまで配慮してくれるなんて、普通じゃありえない。

彼女は国の事情を差し置いて、ただ一人の女官でしかなかった私に配慮してくれたのだ。

手紙にも書いていたように、一人の友人として。

わっと、心の底から湧き起こってくる気持ちに突き動かされるように私はペンを取る。

彼女に思いを馳せながら、手紙をしたため始めた。

一度暴走したオルテンシアは、なかなか収まらない。彼らは怖がりな性格であることが多いためだ。が、恐れたり大きな声をあげたりせずにゆっくりと近づいてやれば、襲ってきたりはしない。

そのうえで辛抱強くチルチル草の根を粉にして溶かした水をやり続け、伸びてくるツルは都度、適切に剪定《せんてい》をしてやれば元に戻ること。

害虫である羽虫・ヘルは、魔素を食べて増殖する。その性質を利用して、魔法で作った水とスゲ草の粉をこねて小さな顆粒《かりゅう》を作って撒《ま》けば、毒があっても食いついて、すぐに退治できること。

そんな対処法ももちろん記したが、ほとんどが感謝の思いをつづる文章になってしまった。

私は入念に封をして、役人のもとへと向かう。

まず渡したのは、二つの大瓶だ。

「マーガレット・モーア様、えっと、これは……？」

「王女様にお渡しください。それを使ったうえで適切に世話をすればオルテンシアも害虫も、なんとかなりますから」

チルチル草の根を挽《ひ》いた粉と、焼いたスゲ草をすりつぶした粉が中には入っている。

どちらも、トレントを助けるためや、魔ネズミ・タランチュを退治するために、この間使ったものを流用した。

王城の庭が広いことを考えても、これだけあれば十分な量だろう。

「どうぞ、よろしくお伝えください……！」

私は役人に頭を下げて、手紙を託す。

王女様であり、大切な友人でもあるヴィオラ王女の幸運を祈りながら。


エスト島へと送られた役人が王都に持ち帰ったエスト島の状況報告は、たいそうな驚きをもって、王城へと伝えられていた。

政務を担当している貴族らの間でも、大きな話題となる。

議題の中心として、取り上げられるほどであった。

「本当に、エスト島の開発が進むだなんて考えもしなかったよ。これまでの歴史を見ても、あの島は不毛の地。流刑ついでに、なんにもならない仕事をさせて、反省をうながすだけの場所でしかなかったはずだが……」

「にわかには信じがたいですね。ただ、もし事実だとすれば、この国を変えるきっかけになる可能性も秘めていますよ、あの島は。面積もそれなりに広いですし、未知の動植物、魔物が生息している可能性も考えられます。それらがもたらす利益は、我が国がより発展する契機になるやもしれません」

初めは、エスト島が秘める可能性について盛んに意見が交わされる。

やがてそれはその開拓の先頭に立つ人物へと話が移った。

「しかし、マーガレット・モーアという元女官は、かなりの才能があったらしいですね。今や荒れ放題になっている王城の庭を一人で管理し、島ではトレントの群れを飼いならすなんて」

「あぁ、まったくだ。しかも、再調査をしたところ、彼女は真面目に働いていただけだ、との証言も女官らから出てきている。ステラ公爵家のベリンダ令嬢が嘘《うそ》の罪を被《かぶ》せた説が高そうだね」

「ふむ。その才能をどう生かすか、改めて検討した方がいいのではないか。あれほどの逸材、そうそう見つかるまい」

島に留めおくか、それとも王城の庭を整備させるために連れ戻すか。

本人の意思を抜きに議論がなされる中、その会議が行われていた部屋の扉が開け放たれる。

「少し、よろしいでしょうか、みなさま」

割って入ったのは、王女・ヴィオラだ。

予定になかったその登場に、貴族らがざわつく。

注目を一身に受けて、彼女が取り出したのは紙束だ。それを連れてきていた女官に配らせて、彼女は堂々と言う。

「マーガレットの処遇についてですが、そのままエスト島に留まってもらう方がよいかと考えております」

続けて、そのメリットを列挙していった。

「マーガレットの才能は、今花開いています。彼女をこの王城にただの女官として閉じ込めておくのは、人材活用の観点から見てももったいない。より領地を豊かにするためにも彼女には――」

と、表面上は、国益や将来へ開発投資だと訴えるが、しかし。

本心はといえば、違う。

立場は違えど、親友であるマーガレットが物のように国に利用されるのが許せなかったのだ。

島流しの処分を受けたと思ったら、今度は帰ってこいなんていうのは、あまりにも酷だ。

そうして彼女が自分のしたいこともできないような状況になるのが、許せなかった。

ヴィオラ王女の頭の中に浮かぶのは、初めてマーガレットに声をかけたときのことだ。

うめき声をあげているようにしか思えない植物魔・オルテンシアたちに対して、まるで本当に話をしているかのように、色々と声をかけているのが気にかかった。

「植物魔たちと話しているみたいね？」

と聞けば、彼女は驚いたのちに、

「できたらいいんですけどね。でも、なんとなく分かりますよ。この子はもっと水を欲しがってて、こっちの子は剪定してほしくなさそうです。まぁ、成長を考えたら、やるんですけど」

そう言って彼女は、はさみを取り出す。

口端を吊《つ》ってオルテンシアの方を向けば、その個体は本当に嫌がるようにツタをよじった。

「こらこら、大人しくしないと怪我《けが》するよ～」

まるで髪を切られるのを嫌がる子どもと、その親みたいな関係だ。その光景に、思わずくすりと笑ってしまう。

それとともに、彼女の姿勢には、好感をもった。

王女という立場が上の人間の前でも、取り繕うことをしないで、きちんと世話をする対象である植物魔と向き合っている。

その姿勢は、派閥争いや誰かからの評価ばかりを気にしている他の女官たちとは明らかに違った。

そして実際、マーガレットは思った通りの人物だった。

自然と仲良くなり、立場に関係なく理解し合える数少ない友人になった。

そんなマーガレットに思いを馳せつつ、ヴィオラ王女はいっさい詰まることなく、自分の意見を述べ終える。

「……ですが、王城の庭はどうするのです？　このままでは、いつか王城が呑み込まれる事態にもなりかねません。やはり彼女しか――」

この質問が出てくるのは、想定内であった。むしろ、あえて触れないことで言わせるように仕向けた。

「心配いりませんよ、そこは」

「どうしてです……？」

「それであれば、私がどうにかしてみせましょう」

ヴィオラ王女は、自信をもって口にする。

なにも口から出まかせではない。

自信ならば、マーガレットが授けてくれていた。手紙を受け取っていたヴィオラ王女は、対応方法を心得ていたのだ。


そして、その日。

ヴィオラ王女は実際に、王城の庭へと自ら足を運んだ。

その目前では、我を失ったオルテンシアが暴れている。

状況は昨日よりもさらに悪化しており、オルテンシアは目につくあらゆるものに絡みつく、危険極まりない状況だ。女官たちは物陰に隠れて、それに怯えている。

だが、そんななかでもヴィオラ王女は、公爵令嬢・ベリンダとは違い、兵士を連れてきたりはしなかった。

持つのはあくまで、じょうろのみだ。

「お、王女様……!? そのようなことは私たち女官の務めですから、そこまでされなくとも！」

まったくの丸腰で近づいていこうとするから、女官らは慌てて、それを引き留める。ここで王女が怪我をすれば責任問題になるとでも思っているのかもしれない。

が、しかし。

ヴィオラ王女の方は、あくまで毅然《きぜん》としていた。

背筋を伸ばし、きっぱりと言い返す。

「そのような意識で世話をしたつもりになっているからいけないのですよ、あなた方」

「……え？」

「植物魔も、植物も、人間と同じく生きております。きちんと愛情をもって、向き合わなければならない。あなた方がそれを放棄してしまったから、いいえ、初めからそうしようともしなかったから、このような結果を招いた……違いますか」

女官らから、返事はなかった。

が、それは肯定を意味していた。

「で、ですが、暴れているオルテンシアに近づくのは危ないのでは……。おやめいただいた方が」

「心配いりませんよ。この水を注げば、落ち着きを取り戻します。そのうえで、丁寧に世話をするのです」

きっぱりと言ってみせるが、マーガレットの受け売りだ。

これまで、一人で世話をしたことがあったわけじゃない。あくまでマーガレットと一緒に、少しだけだ。

だが、マーガレットがいかに彼ら植物魔を大事にしていたかはよく知っていた。

そして、植物魔の方も、彼女にはよく懐いていた……ような気がする。

水をやっていたときなどは、嬉《うれ》しそうに葉の上で水をはねさせていた。ツルを優しく巻き付けて、軽く抱きしめあうようなこともしていたっけ。

その光景を思い出せば、まったく怖くはなかった。

ヴィオラ王女はゆっくりとオルテンシアのもとへと近づく。

すると、どうだ、オルテンシアはそれまで至るところに巻き付けて硬直した状態になっていたツルを、少しだけ緩める。

「かわいい子ね」

ヴィオラ王女は、根が植わっている花壇まで行き、じょうろの中に入れていた特製の水を優しくかけた。

もちろんマーガレット特製のチルチル草の根を煎じて粉にしたものを溶かした水が入っている。

しばらくすると、さっそく効果が出て、オルテンシアは落ち着きを取り戻していった。

そうなれば、サイズは普通の樹木と変わらない。

その光景を見て唖然《あぜん》とする女官たちに、ヴィオラ王女は告げる。

「ほら、怖くないでしょう？　これからはしばらく、私が世話をするわ。いいでしょう？」

これまで、マーガレット以外の誰もが失敗してきたものを、あっさりと成功させたのだ。

もう危険だ、などと言う者はいない。異論など出るわけもなかった。

その後、害虫駆除も率先して行ったヴィオラ王女は、翌日からも植物魔たちの世話を自ら行う。

忙しい公務の合間を縫って、通い詰めて世話を焼く。

その愛情が実ったのだろう。

数日後にはオルテンシアたちの暴走は完全に収まり、害虫の消えた花壇には少しずつ花々の輝きが戻ってきた。

この功績により、元女官であるマーガレットを王城に連れ戻さんとする声は消えることとなる。

ヴィオラ王女はこうして、親友を守ることに成功したのであった。

――が、そんな美談の裏側でそれを憎らしく思う者もいた。

公爵令嬢である、ベリンダだ。


公爵令嬢であるベリンダ・ステラは、ここ最近立て続けに起こった出来事に、憤りを隠せなかった。

マーガレットを自分の思惑通りに島流しの処分にできたところまではよかった。

だが、それ以降はまったく想定外だ。

「なんなの、あの女……。庭いじりスキル程度で…………」

と、自室にこもって酒を一気に呷《あお》りながら、苛立《いらだ》ちから唇を嚙《か》みしめる。

少し前までは毎晩のように派手に夜会などを開いていたが、今はどうしても外に行く気にはなれない。

批判の目を、そこら中から感じるためだ。

ベリンダのやることなすことが、マイナスに働いているとして、厳しい意見が多く寄せられていた。

マーガレットを島流しの処分にするよう謀《たばか》ったことがばれかけているのもそうだが、なによりまずかったのは植物魔・オルテンシアをいたずらに刺激し、より暴走させてしまったことと、害虫被害を悪化させたことだ。

その後始末には、何人も庭師を雇ったり、騎士団を招集したりして、かなりのお金を割くこととなった。

その間、女官たちの業務が滞っていたり、隣国の使者を迎えるために、別の会場を用意しなければならなくなったりもしたのだから、損失額はもっと大きい。

しかも、それでもどうにもならず、結果的には限られた予算が無駄に食いつぶされてしまう結果となったのだから最悪だ。結果、王女自らが乗り出し、あっさり解決するというオチまでついてしまった。

おかげで彼女だけではなく、ステラ家の評判ごと急落しており、父からも「勝手な行動は慎むように」と厳重な注意を受けていた。

まさに負の連鎖。

——その一方で、なにもない島へと追いやったはずのマーガレットがその評価を上げているのだから、それも気に食わない話だった。

「ほんと、雑草みたいな女ね、あいつ……」

ふつう島流し刑に処されたら、そこから這《は》い上《あ》がってくることなんてない。

だが、マーガレットはそのエスト島で開拓を成功させる活躍をし、この王城にまでその名をとどろかせている。

むしろ、いなくなってからの方が毎日のように名前を聞くくらいだ。

そのしぶとさは、彼女が散々抜いてきた雑草そのものと言える。

これまで派手な薔薇《ばら》のような生活を送ってきたベリンダが、そんな雑草女に人生を狂わされたわけだから、苛立ちはさらに募る。

自分の評価を元に戻すのは、もうかなり難しそうだった。

ならばせめて、どうにかマーガレットにも、この失意を味わわせてやらなければ、気が済まない。

それからベリンダは、公爵家の人脈を活《い》かし、エスト島でのマーガレットの様子に探りを入れる。

そうして得られた情報の中に、一つ使えそうなものがあった。

それは、

『マーガレットがリカルド・アレッシ侯爵と懇意にしており、仕事を分担するなど、いい協力関係にあるように見えた』

という、島へ向かった役人の証言だ。

それを耳にして、すぐに思いついた。

「はは、今に見てなさいよ、雑草女……。あんたの幸せな日々も終わりよ」

一章

五話

君がため

chapter 01

——数日後、エスト島にて。

「リカルド様、港に船が来ておりますよ」

釣りをしていた彼の部下が戻ってきたと思ったら、突然にそんな報告が舞い込んだ。

昼下がりのことだった。

食後の休憩に、歓談をしていた私たちであったが、慌てて屋敷を出る。

「……配給の船はこの間来たばっかりだよね。月に一度という話だったと思うんだけどな」

「どうしたんでしょうね。間違えてたりして？　まぁお肉やお野菜なんかも貰《もら》えるので、いいんですけどね」

「本当に間違えただけなら、いいけどね」

そんな会話を交わしつつ、小さな林を抜けると、そこにいた船はいつもとは違う。

側面に描かれていた紋章を見て、私は血の気が引いていく感覚を覚えた。

思わず、彼の後ろにそっと隠れてしまう。

「あの騎士の紋章ってたしか……、ステラ公爵家のものじゃ」

「あぁ、あれなら僕もよく知ってるよ。なんでこんなところに、一公爵家の船がいるんだろうね。

……って、どうしたんだい？　ずいぶんと具合が悪そうだけど」

「言ってませんでしたね。私、そもそもはステラ公爵家のベリンダ令嬢に謀られて、島流しにされたんです。もしかして、まだなにかしてくるつもりなんじゃ……とか思いまして」

「そうだったのか……。うん、そういうことなら僕が対応しておくよ。君は先に戻っているといい。もし君に用があるなら、うまく撒《ま》いておくさ」

なんて助かる提案なのだろう。

リカルドさんには申し訳ないが、正直あの家とはもう関わりたくなかった。

ベリンダ嬢の件もあるが、もともと王城内で、ステラ一派の女官が幅を利かせていたこともある。それが、苦手意識として根付いていた。

私はそろそろと引き返そうとするが、気にならないわけではない。

というか、もし私に用があったのだとして、それでリカルドさんに危害が及んだら申し訳が立たない。

私は浜からすぐの林の中に隠れて、船員とリカルドさんがなにやら会話を交わすのを見守る。

が。ほんの少しの時間、話をしただけで意外とあっさり、船は引き上げていった。荷物の受け渡しなども、いっさい行われていない。

私は船が港を離れたところで、たまらず港の方へと出ていく。

「なんだ、見ていたんだね？」

「えっと、はい……。どういう理由であの船が来たのか、どうしても気になってしまいまして。なんだったんですか」

「あぁ、これを受け取った。これを渡すためだけに船を動かしたらしい。船一つ、往復で一週間も動かそうと思ったら結構なお金がかかる。公爵家というのは呆《あき》れるくらい権力があるらしいね」

そう言うリカルドさんが見せてくれるのは、一枚の封書だ。

宛名には彼の名前が記されており、そして差出人は――くだんのベリンダ嬢からときている。

「私じゃなくて、リカルドさん宛て……」

「うん、そこがよく分からないな。僕は、ベリンダ様と直接顔を合わせたこともないし、特別話をするようなことも思いつかない。遠くから見ていて、ずいぶんと自分に自信がある人だなとは思っていたけどね」

いったいなんの用があって、彼に手紙をよこすことがあるのだろう。

自分の利益のためであれば、どんな手段もいとわないベリンダ嬢のことだ。

自分が突然追放されたこともあり、彼にもそんな災難が降りかかってしまったのでは、と私は不安になる。

が、手紙は彼宛てだ。私が見ていいものじゃない。だから口にはしないでいたのだが、

「そんなに気になるなら、これは一緒に開けようか」

リカルドさんは手紙を顔付近の高さまで持ち上げて、ひらひらと振る。

「えっと、いいんですか」

「別に、誰かに見せるなとは言われていない。それに、ずいぶん眉間にしわが寄っていたからね。分かりやすいんだよ、マーガレットくんは。そのままじゃ作業もままならないだろう？」

彼のエメラルドグリーンの瞳は、すべてお見通しだったらしい。

リカルドさんの侯爵からの降格だとか、今後の配給停止だとか、そんな連絡だったらどうしようか。

私は不安に思っていたのだけれど、屋敷に戻り、リビングで手紙の中身を見ればそこに書かれていたのは、考えていたものとは違った。

「僕をステラ家お抱えのバイオリン奏者として雇用したい…………、だって？」

読み終えたリカルドさんは、緩慢な動きでその手紙を折りたたむ。

横で見ていた私も、その話には驚きを隠せない。

手紙によれば、そもそもリカルドさんの罪を疑って追放処分に処したのは、別の貴族家であり、それ以上に権力を持つステラ家が請願書を出せば、流刑を解くこともできるとのことだ。

そして、その返事は三日後に再び船をよこして、聞きに来るとのことであった。

たしかに話の筋は通っているように思える。私のことを抜きにして、リカルドさんに持ち込まれた話だと考えれば、至極まっとうな提案だ。

リカルドさんは、突然の展開に戸惑いを隠せないようだった。

手紙を机に置いた後には、眉をひそめて、椅子の背にもたれかかる。

口に握った手を当てて、思案顔だ。

だが、普通に考えてみれば悩むことなんてない。

もともと彼は、開拓なんてまったく無縁の文化人であり、バイオリン弾きのような芸事に従事していた。

彼がどれだけの時間や熱意を、そこへ傾けてきたかも、私は歓迎会のときに聞いている。

そもそも開拓を成功させれば、王都に戻り、またバイオリン弾きになれるからという理由で、彼は開拓を行っていたはずだ。

たしかに予想外の形ではあるが、目標が叶《かな》うことには違いない。

「あの、リカルドさん。受けてもいいんじゃないですか」

「……マーガレットくん。でも、開拓だって始まったばっかりだ。まだこれからだというのに、君を残して戻るなんて――」

「いいんですよ、私のことは。自分の夢の方を大切にしてください」

そりゃあ、本音を言えば悲しい。

ここに来てからの付き合いとはいえ、衣食住をともにしてきて、やっと心から打ち解け合えるようになってきた頃だ。

これからもリカルドさんとの日々が続くと思っていたし、それを望んでいた。

でも、私のために彼を縛りつけるのは、間違っているし、それは本望じゃない。

「たぶん、また別の方がこの島に派遣されるでしょうし、まぁ最悪一人になっても私はなんとかやれますから」

こう投げかけて、私は席を立つ。

たぶん今、私はかなり情けない顔をしている。うまく笑うことすらできないくらい、動揺している。

が、今だけはこの強がりを通さなければならなかった。

これを悟られてしまったら、優しいリカルドさんは「私のために」と決断を曲げてしまうかもしれない。

だから、揺れる心は強がりで必死に抑え込む。

「マーガレットくん、どこに行くんだ？」

「まだ庭作業の途中でしたので」

そして悟られないように俯《うつむ》き、リビングを後にした。


その日。

私はなにも考えないようにするため、つとめて無心を心掛け、作業に励んだ。

トレントらの世話をしたり、灰を含ませて土づくりをして栽培環境を整えたり、とかなり仕事ははかどる。

『マーガレット嬢、どうした？　今日は悲愴《ひそう》感が漂っているが？』

と、トレちゃんに言われたときは、どきりとしたが、「なんのこと〜？」と貼りつけた笑顔で誤《ご》魔化《まか》しておいた。

そして迎えた夕食時。いつもなら、こんな日のリカルドさんの料理はかなり美味《おい》しく楽しいのだが、今日ばかりはそうはいかない。

彼の料理の味自体は変わらないはずなのに、なんとなく物足りなさを感じる。

リカルドさんの部下の方々はそれを見かねたのか、なんとか会話を振ってはくれるのだが、どうしても歓談はできない。すぐに途切れてしまう。

人当たりのいいリカルドさんは、初対面から気さくに接してくれた。

そのため、こんなに話さないのは出会ってから一度もなかったようなことだ。

たぶんリカルドさんは旅立ちを決めたのだろう。ただ、優しすぎる彼は私を置いていなくなることに引け目を感じているのかもしれない。

「えぇっと、ごちそうさまでした……！」

こうなったら退散すべきは私だ。すぐに部屋へと引っ込もうとするのだけれど、

「少し待ってくれるか、マーガレットくん」

そこを引き留められた。

リカルドさんはまっすぐな視線でもって、こちらを見る。そこに込められているのは、ただならぬ意志だ。なにかを決めていなければ、できない目である。

「少し時間が欲しい。いいかな？」

「……えっと、はい……」

「そんなに時間は取らないようにするさ。すぐに行くから、外のベンチにいてくれるかな」

リカルドさんの言う通り、私はベンチに座り彼を待つ。

もう暑くなってくる季節だが、まだまだ夜は肌寒い。

念のため持ってきた羽織りに私が袖を通していると、彼はなにやら大きなものを抱えてやってきた。

カバーがかかっていたが、その形状からして、バイオリンだろう。

「少し待たせてしまったね。そういえば、君には聞いてもらったことがないと思ったんだ」

言われてみれば、ここへ来てから彼が楽器を手にしている姿を見たことはない。

どこかで練習しているのだろうかと疑問に思ったことはあったが、下手《へた》に踏み込むことにもなりかねないから、尋ねられなかったのだ。

私が一つ首を縦に振ると、彼はすぐに準備へと取り掛かる。

「これだけはどうしてもと頼んで、持ってこさせてもらった一本さ。これの他には、なにもない」

愛用しているらしく、少し年季が入ったバイオリンだった。

彼はその端を左肩に乗せて、あごをそっと当てると、弓を手にして演奏を始める。

最初の一音でさっそく、腹の底が震える感覚になった。

私は男爵令嬢とはいえ、女官。夜会に出たことなど数える程度しかなく、バイオリンの演奏を聞いた回数も少ない。

けれど、そんな知識のない状態でも彼の腕前がかなりのものであることは分かる。

音がぶれずに強く、またしなやかに響いてくる。ふだんの彼の優しい印象とは裏腹に、結構に力強く、また伸びやかだ。音符が空を踊っているかのよう。

それに、とにかく格好良かった。真剣にバイオリンに落とす目も、立ち姿も、なにも。

背景の星がきらめく夜空とあいまって、幻想的な光景になっている。現実感が薄れていきそうだ。

そこへ、

『なんだ、いいメロディだな。実に豊かで充実した心が乗っている。楽しげでありながら、安寧も感じられる』

『わたしたちも久しぶりに歌うか』

途中でトレントたちが交じってきたのだから、驚きだ。

屋敷を囲うように存在しているトレントだ。彼らが歌うと、まるで空から歌が降ってきているかのような感覚になる。

まるで歌劇だ。そして、それを導くように、リカルドさんのバイオリンの音は高らかに響き渡っていた。

耳から入る一音一音に心が震えた。またとないほど、美しい瞬間に私が思わず聞き入っていたら、あっという間に演奏が終わった。

圧倒されたせいで、しばらく遅れて拍手をすると、リカルドさんはそのままの姿勢で頭を下げる。

トレントたちはざわざわと葉を揺らしているから、称賛を送っているらしかった。

私はといえば、言葉をなくして固まる。

やはり、かなりの才能だ。それこそ、島に留《とど》めておくには惜しいくらい。たぶん王都でも一、二を争う弾き手になれる。

なんて思っていたら、バイオリンをしまったリカルドさんが私の隣に腰を下ろした。

「決めたよ」

顔を振って少し長い髪を払ったあと、夜空を見上げつつ、そう呟《つぶや》く。

やっと決心がついたみたいだ。

私も今度こそ別れの覚悟を決めなければと思ったら――

「やっぱり僕はここに残る。マーガレットくんとこれからも開拓生活をするよ」

「……え」

その決断は、予想とは正反対のものであった。

「なんでですか……。こんな機会そうないですよ？　それに、これだけの腕があれば、またすぐに弾き手として活躍できますよ、絶対。なのに、なんで……」

私は思わず横を向き、早口で問い返してしまう。

たぶん必死の形相になっているだろう私に対して、リカルドさんは憑《つ》き物《もの》が落ちたような顔をしていた。

「実は、ここ最近まで僕はろくにバイオリンが弾けなくなっていたんだ。奏者としてこれからってときに無実なのに島流しにあって、気落ちしていたせいだね、きっと。ここへ来てから半年、もう何回弾こうとしてもダメだった。手が震えて、不協和音が出る。もう終わりだと思ったよ」

「……そうなんですか」

「だから最近になるまでバイオリンに触れてすらいなかった。どうせもう王都に戻れやしないし、どうでもいい、って心の中で諦めてたんだ」

……なるほど。

私が一度も彼の演奏を聞くことがなかったのには、そんな裏があったらしい。

彼はそこで、「でも」と口角をにっと上げる。

「マーガレットくん。君が来てからは変わった。これまでどうにもならなかった開拓が進むようになったし、それだけじゃない。日々が明るくなったし、起きるのが楽しみにもなった。気づけば、明日が楽しみになっていたんだ。だから、今ならいけるんじゃないか、怖くないんじゃないかって。そうして、やっと少しだけ触れるようになったんだ。まともに演奏をしたのは今が、島流しされてから初めてだよ」

「……どうして私の前で？」

「君の前なら、うまく弾けるんじゃないかってね。そしたら、本当にうまくいった。君が僕にバイオリンを弾かせてくれたんだ。今ここに僕があるのは、君のおかげなんだよ」

暗い中すぐ近くで見る笑顔は、いつにも増して眩《まぶ》しく感じた。

その輝きは、私の視線を捉えて離さない。

夜空でもっとも明るく光るお星さま、いや、もはや光そのものだ。

そんな彼が、雑草たる私に礼を言うのだ。

「これで完全に吹っ切れた。僕は別に、バイオリンで成りあがりたいわけじゃなかったんだ、それを思い出した。僕の演奏を聞いて、自分も相手も幸せになれたらそれでいい。今日の演奏は、まさしくそれだった。最高に楽しかったよ。トレントたちが歌い出したことも含めてね。ステラ公爵家からの誘いは、そりゃ魅力的な話だ。けど、恩人である君を不当に追放するような人間のもとで弾き手になれたってなんの意味もない。それなら君のために弾きたいな、ここで」

嬉《うれ》しい言葉だった。

とても、とても嬉しい。残ってくれることも、そこまで言ってくれていることも嬉しくて仕方がない。

私だって感謝の気持ちを伝えたかったけれど、口を開けば泣き出してしまう気がして、唇を引き結ぶことしかできなかった。

そんな私の手を彼は軽く握る。

「というわけで、明日からもよろしくお願いするよ、マーガレットくん。それとも、別の貴族が来てくれた方がよかったかい？」

「……そんなことありませんよ。リカルドさんのご飯は、ぴかいちですし」

少し軽いトーンで話を振ってくれたので、私はやっと返事をする。

「はは、ならよかった。もし、いらないって言われたらどうしようかと思ったよ。島に別の家を建てて住むしかないかと」

「そんなこと簡単にできたら苦労しませんよ」

「たしかにそうだね。ここじゃ、なんでも大事になるな。はは。さぁ屋敷に戻ろうか。少し冷えただろう。温かい飲み物でも淹《い》れよう」

なにからなにまで、気が利くものだ。

「あ、じゃあ手伝いますよ！　なにか、軽く食べられるものを用意したいですね」

「まさか、スゲ草団子じゃないよね……」

「私をなんだと思ってるんですか！」

こうして、ゆっくり、ゆっくりと、でも着実に、和やかな雰囲気が帰ってくる。

普段ならすぐに寝ているところだが、その日はなかなか眠気がこずに、そのまま夜更けまで話し込んだのであった。


そして三日後、約束通り手紙の返事を貰おうとやってきたステラ家の船に、リカルドさんは断りを入れる。

どうやらまだしばらくは、彼との開拓生活が続きそうだ。

二章

一話　新たな二人

chapter 02

その数日後、王都はずれにある人気《ひとけ》のない小さな屋敷にて。

公爵令嬢であるベリンダは、謹慎生活を余儀なくされていた。

ただでさえ、マーガレットを偽の罪で追放したという事実に周囲は気づき始めており、その権力の濫用ぶりには多くの貴族らが眉をひそめていた。

相手がただの女官ということもあり、罪には問われなかったが、それでも評判は下がってしまう。

迷惑千万な彼女の行動はそれだけでも、ステラ家当主である父を苦しめていた。

そのうえで決定打となったのは、勝手に船を動かしたことだ。

エスト島の開拓使であるリカルド・アレッシをバイオリン奏者として本土へと連れ帰ることで、マーガレットを不幸に陥れる。

その私怨でしかない目的を悟られたくなかったベリンダは、父に断りも入れず船を動かした。

本来なら、その船を用いて他国との交易が行われるはずだったのだ。

その取引で得られるはずだった膨大な利益まで失ったことで、ステラ公爵の堪忍袋の緒が切れて、今である。

立場には似つかわしくないほどボロく小さな家に、一人閉じ込められている。

罰として、メイドなどはつけてもらえなかった。そのため、家事に掃除に洗濯とすべて自分でやらねばならない。

加えて、書物の書き写しなどの宿題を課され、反省を促されていたのだが、

「なんで。なんで帰ってこないの。あんなに素晴らしい話を持ち掛けてやったのに……！　リカルド・アレッシさえ帰ってきていれば……！　あの才能に美貌。あれなら貿易の損失だって補えるくらい、価値があったはずなのに。あの女だって絶望させられたはずなのに」

当のベリンダはむしろ、うまくいかなかったことに怒りをにじませていた。

書き写しをしていた手を早々に止めて、ぎりぎりとペンを握り込む。

普通に考えれば帰ってくるはずであったし、我ながら完璧な策だと思っていた。

彼のような文化人にとって、エスト島の環境は決して望んでいる場所ではないはずだ。音楽を奏でても、聞いてくれるものさえ限られているのだから。

だがしかし、現実に帰ってきたのはお断りの手紙だけ。しかもそこには、こう書かれていた。

『大変光栄なご打診ですが、私は聴いてほしい人のために弾ければ満足です』

それは暗に、その相手がマーガレットであることを意味している。

大金や名誉、地位をも捨てられるくらい、彼女に対して特別な思いを抱いているのかもしれないと、そう思わせる内容だった。

どうやら、自分とは真逆にマーガレットは、なにもかもうまくいっているらしい。

閉じ込められる前の噂《うわさ》によれば、今度リカルドとマーガレット、二人への刑罰が正式に解除され

るそうだ。

と言って、彼らが王城に戻ってくるわけじゃない。

そのまま開拓使とその使用人という立場のまま、島に残り続けるらしい。そのうえで、追加の人員を派遣することも検討されているそうだ。やっと開拓のきざしが見えてきたことで、国側も本腰を入れ始めているらしい。

「ふん、雑草女にはたしかに開拓みたいな女らしくない仕事の方がお似合いかもしれないわね」

ベリンダは負け惜しみを呟《つぶや》き、今度は立ち上がる。

鬱々とした気分だった。これまでならメイドにでも当り散らしているところだが、ここにはそんな相手もいない。

そのため気晴らしを求め庭へと出てみたら、

「ひっ、ひぃぃ!?」

王城で起きていた現象と同じことが起きていた。

ここへ来てからいっさいの手入れをしていなかった庭に害虫が大量に発生しており、そこら中を飛び回っている。

しかも、家の中にも入ってきてしまうから、おぞましいったらない。

もう、前のように誰か他の人間を助けに呼んだりすることはできない。

ただの庭仕事だと、マーガレットの仕事を軽く見ていた罰が、植物のことを侮っていた罰が今まさに、彼女には下っていた。

――リカルドさんの残留が決まってから、少しの時が流れて。

私、マーガレット・モーアの日常は少しだけ変化を見せていた。

その始動は、かなり朝が早い。

昔は起きられない日もあったのだけれど、エスト島に来てからは変わった。よく疲れ、よく眠り、不規則な生活になる要素がまるでないので、太陽が昇ったら、すんなりと起きられる。

「……お母さんが早寝早起きしろってうるさかった理由、やっと分かったかも」

今日も体調はよさそうだった。

すぐに部屋を出た私は、屋敷の裏手にある小さな井戸から水を汲《く》み、顔を洗う。

リカルドさんやその部下さんたちが使うだろう分も、その際に桶《おけ》へと移しておいた。

そうして目が覚めたらすぐに向かうのは、離れにある牛舎だ。

古くからあるが、使っていなかったらしい倉庫をほとんどそのまま利用させてもらった。変えたところといえば、簡易的な柵を設けたくらいだ。

とはいえ、耐久性に問題がないとはいえない。

しかも、そこにいるのはただの牛じゃなく、獰猛《どうもう》なミノトーロ。普通なら、その鋭い角と、気性の荒さで一瞬にして倒壊沙汰……なのだけれど。

「うんうん、今日もまったりしてる。安心安心♪」

チルチル草を混ぜた牧草を餌として与えることで、彼らは至極静かに暮らしてくれている。

餌やりをすると、も〜も〜と鳴いて、もさもさ草を食《は》む様は、たぶん普通の乳牛よりものっそりと遅い。

大きさこそ迫力があるが、愛らしさすら感じる。

そう思えば、ブラッシングも捗《はかど》った。

昨日のうちに汲んでいた水で、彼らの身体《からだ》の周りをぐるぐる旋回しつつ、その黒い毛を洗っていく。かなりの硬さにもめげずに、脂をこそげ落とした。

布で拭き上げて乾かしたら、お次はお待ちかねの搾乳だ。

三体飼育しているうちの二頭が夫婦で、一頭が子ども。

「大人しくしててね、痛くしたらごめんね」

そのため『モモちゃん』と名付けた一頭のみから、乳をいただく形となる。

普通の牛なら、それだけで一日に十ガロン（要するに、かなり多い！）も乳が出るが……うちの子は超特殊な魔牛。

味が超濃厚で、その栄養分も旨味も最高レベルであるかわりに、調子が良くても採れるのは普通のバケツ一杯分くらいだ。

それでも、私たちだけで使うには余るし腐るしで、困っているくらいなのだけれど。

しかも、まあ結構な重労働でもある。

本来は、男手であるリカルドさんの部下たちにやってほしい仕事だったが――

魔牛であることを怖がっている方もいたり、乳しぼりがうまくいかなかったりで、まだ任せるには至っていなかった。

そのため私とリカルドさんが交互に担っている状態だ。

私はどうにかバケツに牛乳を貯《た》め終える。

それをえっさ、ほいさと運んで屋敷に戻れば、リカルドさんが起きだしていた。

「あぁ、やっぱり君は早いな。重かったろう？　ありがとう、ここからは僕が持っていくよ」

「すいません、助かります……！」

彼の朝も、私同様に早い。

料理の仕込みをするため、わざわざ早起きをしているらしいのだ。

そんなふうに普段は見えないところまで抜かりのないあたりが、彼の几帳面《きちょうめん》さを示している。

「今日もずいぶんたくさん採れたものだね？」

「まったりしながらですけど、餌は順調に食べてくれていますからね。ハーブ以外にも、色々と野草を混ぜているのがいいのかもしれません」

「それはよかった。マーガレットくんが【開墾】スキルで、質のいい牧草を選んでくれているおかげだね」

こんな会話を交わしつつ、ともに厨房《ちゅうぼう》へと向かう。

バケツを持ってもらったのに、なぜのこのこついてきたかといえば、

「やっぱり、最高の味です……。今日も淹《い》れてくれてありがとうございます」

「うん、牛乳がある生活はやはりいいね。一日が始まる感じがするよ」

リカルドさん特製のレリーフ草を使ったハーブミルクティーを飲むためだ。

あたためて殺菌をした牛乳とハーブティーを混ぜ合わせることで、滋味深く濃厚な味を楽しめる。

席についてゆっくりと飲めば、身体も心もすっきりとしていくようだった。

ついふぅっと息を吐くと、肘を机について、よりかかる。

はしたないかとは思ったが、隣を見ればリカルドさんも同じだ。

目を細め背中を丸めて、結構に寛《くつろ》いでいる。

いつもの完璧な彼とのギャップには、思わず心の柔らかいところをくすぐられた。格好《かっこ》いいのに、可愛《かわい》い……！

ふと、目が合う。

ほとんど同じような反応をしていたことに、自然と笑いが起きた。

それから、「今日もよろしくね、マーガレットくん」「こちらこそです」とお互いに挨拶を交わした。

そうしてさらなる活力を得た私は、また屋敷を出る。

そのわけはといえば、トレントたちのためだ。

水やりや枯れ葉を取り除いたり虫を取ったりといった手入れは昼間にするのだけれど、それだけではいけない。

彼らは本来、動ける植物魔だ。

私たちの屋敷を守ってくれているため、ずっと同じ場所にいるけれど、それでは健康に良くない。

根腐れが起こる原因にもなりうる。

「みんな、起きてくれる〜？　朝の体操やるよ！」

そこで、朝には彼らとともに体操を行うことと決めたのだ。

私は、トレントら全員が見渡せる場所に立ち、そこで声を張りあげる。

『あぁ、いつもの。なまっていたからちょうどいいよ』

『いやぁ、ここ最近動いてなかったから、枝を持ち上げるのも一苦労だ』

『お前、もう百年は生きてるんだ。幹が折れないように気を付けろよ』

すると、こんな会話を交わし合いながら、彼らはのそのそと動き始めた。

私が腰に手をやり、身体を斜めに倒せば彼らはそれを真似《まね》する。

ぐーっと腕を上げながら逆の手で引っ張れば、同じように、伸びあがって大きく息を吐く。

中には動きの鈍い個体もいるが。

「ほら、トレちゃんもしっかり！　よーく上まで伸ばすの。まだ伸びるでしょ？　その状態で、キープだよ」

『……わたしは、もう歳《とし》だからなぁ』

「言い訳は後にして、できる範囲でいいから、ほら一、二！」

私の位置から見れば、それはそれは壮観だ。

彼らは屋敷とその手前にある畑・庭の敷地を囲うように立っているから、まるで森全体が揺すられているかのようだ。

そんなふうにして、存分に動いてもらい、私自身も身体をあたためたら、落ちてきた葉を掃除して、朝食前の一連のルーティンは終わりだ。

ご飯のあとは少し休んで、畑仕事などに移っていく。

かぼちゃ以外にも、瓜《うり》やエンドウなどの自生していた夏どれ野菜を植えていた。種類も増えて、耕作面積もかなり広くなった。

王城の庭より、よほど広い。

すべてを管理しきろうと思うと、本当に日暮れまでを要する。

……つまりまぁ言ってしまえば、かなり忙しくなっていた。

かなり発展してきたがゆえの悩みだ。

充実はしているのだが、正直余裕はない。

てんやわんやであったのだけれど、それも今日までのはずである。

なぜなら明日には、新たな人員がエスト島へと来ることになっているからだ。

その翌日。

私とリカルドさんは朝から、かなりそわそわしていた。

午前中は集中しきれないまま、それぞれ畑仕事に、家事に取り組む。そうして迎えた午後、私とリカルドさんはそれぞれ正装に着替えて、浜まで出ていた。

「君が来たとき以来だね、この服を着るのは」

「私も同じです。しばらく着ないと思って、奥にしまい込んでました……」

不毛の大地とされたエスト島の開拓。屋敷の周辺のみとはいえ、その足がかりを作った功績が認められたとかで、私とリカルドさんに科せられていた罰は、無事に解かれていた。そしてそれだけではなく、開拓のさらなる推進に必要だろうと、追加人員が派遣されることとなったのだ。

いったい、どんな人が来るのだろう。不安と期待に揺れながら待っていたら、いよいよ船がやってくる。

着いてすぐ、役人を含めて三人が岸へと上がった。

「リカルド様、マーガレット様！　こちらのお二人が、新たに開拓補佐に任命されたマウロ・マエストリ様、それから庭師見習いになるカーミラ・カミッロ様でございます」

役人がそう紹介すると、後ろに控えていたその二人が前へと出てくる。

「マウロです。建築士をやっています。一応、貴族でございます」

まず男の方が無愛想に、まるで名前を吐き捨てるかのように頭を下げた。

なるほど建築士らしく、その体つきはがっしりとしていて、しかも高身長だ。

それだけでもかなりの威圧感があるのに、鋭い目つきと、ばっさり短く切られた赤い髪も相まっ

て、なかなかとっつきにくそうだ。

年齢は私より少し下、二十代前半ぐらいだろうか。

「辛気臭いですよねぇ、この人。あたしは、カーミラ。子爵家出身ですけど、女官になって王城で働きたいので、勉強しにきました。今日からお世話になります〜。気軽に接してください」

逆にもう一人の女性は、態度がかなり柔らかい。

笑顔を見せながら、丁寧に腰を折る。

いわゆる今どきの貴族令嬢という印象だった。

身なりも小物までかなり凝っているし、頭の高いところで括《くく》られた水色の髪のポニーテールはどうやって作ったのか分からないくらい、ボリュームがある。

十代後半ぐらいか、目つきはやや鋭いものの、その柔らかい言葉遣いなどから小動物的な印象だ。

……まぁやたらにこにこと微笑《ほほえ》んでくるのは、むしろ少し怖かったけれど。

私の隣ではリカルドさんも少し気圧《けお》されたようで、苦笑いを浮かべていた。

とにもかくにも彼らにも手伝ってもらい、私たちは積荷を屋敷まで運ぶ。

その道中で、船に同乗していた役人が私とリカルドさんの肩を後ろから軽く叩《たた》いた。

「実は折り入って話がございまして」

手を口元に当てて、いきなりこんなふうに下手に出てくるのだから、いい話ではなさそうだ。

「えっと、というと……？」

私が首を傾《かし》げると、その役人は声を潜める。

「実は今回連れてきたマウロなのですが、あまりいい噂を聞かない青年でしたので、ご報告をと思いまして。彼は、それなりに建築の腕が立ち、王城の修理などにも携わっていたことがあるのですが、周りとの連携がとれていなかったようなのです。その頃から問題を起こし続けていて、頑固というか職人気質で、棟梁《とうりょう》とも問題を起こしていて……。もしかすると、ご迷惑をおかけするかもしれません」

「なるほど、そういう事情があったのか。それで、島によこしたのかい？」

リカルドさんがそう言えば、役人はやや口ごもりながらも首を縦に振った。

「えっと、まぁ正直に言えば、そのような側面がないとは言えませんね……。ここなら一人で気楽にやってくれるかと」

物は言いようだ。

単純なる厄介払いであった可能性が高そうね、これ。

国だって、非の打ち所がない優秀な人材は王都で囲っておきたいだろう。

いくらエスト島の開発に希望が持てるようになったといっても、まだ確実に利益が得られるような状況じゃない。人手の埋め合わせついでの人員整理も兼ねていたのだろう。

ということは、だ。

「あの髪がふわふわな女の子……えっと、カーミラさんの方も、なにか？」

「い、いえ！　そちらはなにも心配ないかと思います。王城では色々な事件があった末、今は王女・ヴィオラ様が庭の一部を管理されています。しかし、いつまでもお任せするわけにはいかない。そこで、あなたの代わりとなる人材を育てていただこうかと思い、身分もあり優秀な人材を選びました。スキル【保存】をお持ちであることも、この島には合うでしょう。まぁ希望制でしたので、志望者は少なかったですが」

ほっとするような、責任感を覚えるような……。

私はごくり唾を飲みながらその話を聞く。

そう、王城で庭師として働けるような新しい人材の育成が、私に与えられた使命の一つなのだ。

これが成功すれば、恩あるヴィオラ王女の負担を少なくすることにもいずれは繋《つな》がる。そのため、やる気はもっていたのだけれど、とくに指導経験があるわけでもない。

それどころか、これまではろくに話せる同僚もいなかった私だ。後輩ができるなんて、初めてのことで不安が募る。

それが知らず知らずのうちに、顔に出ていたらしい。

「マーガレットくん、なにも君一人でやる話じゃないさ。僕もいるし、部下もいる。全員で、協力していけばなんとかなる。一緒にやっていこう」

「……はい！」

その一言だけで、肩の荷が下りた気がした。

別に一人で抱え込む必要はないのだ。私には、彼がついてくれているし、他にもたくさん仲間がいる。

「よし、じゃあもうこの話は終わりだ。あんまり陰口のような真似は好きじゃない。まだろくに交流もしていないし、前情報ばかり信じるのもよくないい」

「ですね！　辛気臭くなっちゃいますし」

「うん。それより、今日の歓迎会のことを考えておきたいな。ついでに僕と君の罪が解かれたことも祝おうか。なにか島らしいものを振る舞えるといいんだけどな」

「あ、それなら山菜でもつみにいきましょうか」

二章

二話 彼女の悩み

chapter 02

——と、最初は割と楽観的に捉えていたのだ。

新しい人が来るからには、仕事の一部を分けることもできるし、時間ができれば新しいことにも挑戦しやすくなる。

もっと森の探索もしてみたかったたし、その奥にわずかに見える険しい山々の方まで足を延ばしてみたい気持ちも、より生活環境をよくしたい思いもあった。

他にも夏植え野菜なんかも見繕いたいし……と。

しかし、そんな風に膨らんだ想像は泡のように弾《はじ》けることとなる。

新たな二人を迎えて、まだ三日目のことだ。

「もう、あ り え な い んですけどぉ!!!!!!!!」

という甲高い声が屋敷には響き渡っていた。

声が聞えるのは、新しく来た女の子、カーミラの部屋からだ。

朝、といっても昼の方が近いくらいの時間である。

朝食の席にも来ず、あんまり起きてくるのが遅いのでリカルドさんに相談したのち、二人で二階にある彼女の居室まで迎えに行ったら……

廊下の角を曲がる前の時点で、頭を金槌《かなづち》で打たれたみたいな悲鳴がとどろいた。

「……こりゃ、困ったな。どうしようか」

温和で、大概のことなら笑って受け入れてくれるリカルドさんだが、今回ばかりはそうもいかないらしい。

「まだ彼女が来てから二日しか経《た》っていないけど、もう何度聞いたか分からないよ。この手の高い声はダメなんだ、頭が揺れる心地だよ」

と、耳を押さえて顔を歪《ゆが》めている。

もしかすると、音楽家である彼は人よりも耳が敏感なのかもしれない。

「大丈夫ですか、リカルドさん……。はぁでも、まさかあんな子だったたなんて」

私も思わず、ふむと一つ考え込んでしまう。

来たときこそ愛想のよかったカーミラさんだったが、あれは猫かぶりだったのだ。

その本性は恐ろしくわがままで、「王都と違って、カフェがない！」とか「海で遊びたいのに綺《き》麗《れい》な浜もないの!?」とか、この二日間、激しい自己主張とともにわがまま放題をし続けている。

役人は、建築士をやっていたマウロの方が問題児だと言っていたが、彼は今、なに一つ文句も言わずに簡易牛舎の補強を進めてくれているのだから、前評判は当てにならない。

「難しい年頃の子どもができた気分だよ。食事の面でも、魚は食べられないと言うし、甘いものがない！　と怒りっぽくなるし、せっかくのスキル【保存】も使ってはくれない……うーん、どうしようか」

「畑仕事も、泥臭くて無理だ〜、こんなのあたし向きじゃないって逃げちゃいましたよ」

「だったらどうして、わざわざ庭師見習いなんて志願したんだろうね……」

「もしかして、島なら毎日海に入れて、山で散策して悠々自適な生活が送れる！　みたいなこと思ってたり？」

たしかに私も、幼い頃はそんな幻想があった。というか働き出すまでは、常にそんなことばかり考えていたかもしれない。誰だって、遊んで暮らす生活には憧れる。

貴族学校を出るのが十八歳。

彼女の年齢がまだ十代だろうことを考えれば、それくらい夢見がちになるのは仕方ないのかもしれない。

「だとしたら、このままここにいるのは彼女にとっても悪影響だろうし……。次の便で本土に戻ってもらった方がいいのかもしれないね。その方が彼女のためにもなる」

「でも次の便って……」

「こちらからは船を出せないから、一か月後だね。彼女にとったら、それまで生きた心地がしないかもしれないな」

と、リカルドさんがそこまで言ったところで、会話を裂くようにまた甲高い怒りの声だ。

彼は再び耳を押さえて、顔をしかめる。本当に不快に感じているらしい。

「……このままじゃ、僕もああなるかもしれないな」

「リカルドさん、もうここは私に任せて、行ってください。耳によくありませんし」

「すまないね、マーガレットくん。君は平気なのかい？」

「はい、慣れてる方です！　周りは、わーきゃー騒いでばかりでしたから」

なにせ王城勤務のときには、女の園みたいな環境で働いていたわけだしね。しかも、派閥争いだってあり、常にギスギスしていた。

大喧嘩《おおげんか》が起こったりしたときは、かなりうるさかったっけ。

無視して仕事をするのも躊躇《ためら》われるくらいだった。

それに比べれば、ましな方だ。

相手が一人だしね。

「すまないな、なんでもお願いをしてしまって。ありがとう。昼ご飯は期待していてくれ。君の好きなベーコンチーズアスパラにするよ」

こう言い残して、リカルドさんは部屋から遠ざかっていく。

好物をぶらさげられたら、どうにかする気がむくむくと湧いてくる。

私はカーミラさんの部屋の前まで行き、そこで少し待つことにした。

すぐに扉を叩《たた》けば、火に油を注ぐことになりかねない。

声をかけるのなら、もう少し落ち着いた頃がいいだろう。そこで、廊下の窓を開け海の方を眺めていたところ、不意に声が止《や》んだ。

かわりに、啜《すす》り泣《な》くような音が聞こえてくる。

「こんな顔、誰にも見せられないよ………」

そして、こんな吐露も。

これまでのわがままっぷりとは、少し様子が違うようだった。ストレスをまき散らした末に出てきた、本音といったところだろうか。

私は景色を眺めるのをやめて、扉の前で耳をそばだてる。

「もうむかつく、むかつく。なんでこんなに赤いぶつぶつができるの!? 他の人にはできないのに、私だけ肌もカサカサで……。いっそ、潰してやる、潰して絞り出して――」

「それはだめ!!!!!」

私は思わず、そう声をあげていた。

急に割り込まれて驚いたのだろう。扉を挟んで反対側では、カーミラさんが「なんで、あんた……!」と声を尖《とが》らせる。

「それだけはだめ。それをやったら、余計に悪化する。痕が残るかもしれませんよ。カーミラさん、肌荒れしているんでしょう?」

「なんでそれを……! いつから聞いてたの、いつからそこに!?」

「ついさっきですよ。あんまり部屋から出てこないので、様子を見に来たんです。それにかなり声が響き渡ってましたから」

私がそう言うと、彼女はしばし黙り込んだ。

「だからなに? 黙ってれば文句ないわけ? 黙ってやるからどっか行きなさいよ」

と、冷たい口調で言い放つが、さっきまでよりはかなりトーンダウンしていて迫力がない。

泣いたせいもあるのか、少し震え声だ。

たぶん、知られたくなかっただろうことを聞かれてしまったせいも少なからずあるのだろう。

彼女としては最悪の状況かもしれないが、こっちとしてはいい交渉の切り札だ。利用しない手はない。

「聞いたことは、他の人には黙っておきますから開けてください」

「……なにそれ脅しのつもり？」

「そう取るなら否定はしませんよ。今なら乙女《おとめ》同士の秘密ってことです」

ちっ、という舌打ちがこちらまで響く。

が、少し遅れて紺色の扉がゆっくりと開いた。

彼女はなにやらレースの被《かぶ》り物《もの》をしていた。対面はしても、どうしても素顔を見せる気はないらしい。

けれど、私が廊下の窓を開けていたのが、そこで災いした。

しかも、廊下の窓は海側だ。風が吹き込んできて、そのレースをめくりあげる。

その内側に見えたのは、発疹《ほっしん》ができて赤らんだ顔だ。

化粧をしていたときと、かなり印象が違う。

派手派手しい印象であったが、こうして見れば素朴な顔立ちだ。化粧時よりその目は小さく、唇も薄く見える。

髪型もセットされていない、シンプルな後ろ一つ括《くく》りになっていた。

ここまでになると、昨日までの姿とはまるで別人みたいだ。

私が驚いていると、

「は、謀ったの⁉　汚い顔を見て馬鹿にしてやろうって魂胆⁉」

おおいに誤解を受けていた。

「ち、違いますって！　ただ、窓の外を見ていただけ！　事故ですってば！」

弁明するけれど、たぶんそんな言葉はもはや耳に届いていない。

彼女はレースを手で押さえると再び顔を覆い隠す。

急に膝から崩れ落ちたと思ったら、はは、はは、と引きつるように笑ったあと、「どうせ汚いわよ」と一言漏らした。

「……あたしなんて所詮、作りものなの。化粧がなかったら、どうしようもないの。でも、移動中のストレスのせいで余計に肌の調子が悪かったから、もう予備まで使い切っちゃった。そしたら、また肌も荒れるし……。もう、終わりなの」

そのまま床で膝を抱え込み、丸まってしまう。

どうやらカーミラの肌の悩みは、かなり深刻な領域に至っているらしい。

外見のコンプレックスが、心をむしばむのはよく聞く話だ。

とくに、貴族階級の令嬢に多いらしい。

優れた外見であることは、そのまま地位の向上に繋《つな》がる可能性が高いためだ。

歴史的に見れば、その容姿の素晴らしさにより平民から王家の妃《きさき》にまで成りあがったなんて話もあるくらい。

貴族界において外見は、身分よりも重要な要素になる可能性を秘めている。

彼女もそんな常識のもとで、これまで生きてきたのだろう。

（カーミラさんが島に来てから荒れまくっていた原因は、ここにあったのかもしれないわね……）

だとしたら、話は変わってくる。

来月の定期船を待って彼女を部屋に籠もらせているなんて消極的な方法より、いい方法がありそうだ。

「私に任せてください、カーミラさん！」

「は……？　なにを？」

「すぐに、綺麗にしてさしあげます」

「そんなの、どうやってもできないと思うけど？　化粧品があるわけじゃないんでしょ？」

「でも、この島には豊かな自然がありますから！　それに頼ればいいんですよ」


カーミラさんの肌の悩みを解決するため。私が作製に乗り出したのは、ずばり石鹸《せっけん》だ。

「え、石鹸を作りたい？」

その旨をリカルドさんに伝えると、昼ご飯の下ごしらえをしていた彼は、きょとんとして、こちらを振り返る。

「今使ってるものじゃだめなのかい？　たしか定期便で送ってもらっているよね」

そう、あるにはある。

だが、その質はお世辞にも決していいものじゃない。

「はい。でもあれって、泡立ちが悪いですし、若干匂いもきつい感じがします。最近王都で出回っているって噂《うわさ》だった粗悪品なのかもしれませんね。本当の一級品は、上流階級の貴族しか使えないって言いますし」

ここへ来たときから、思っていたことではあった。

しかし、あくまで罪を負った身であったから、そんな贅沢《ぜいたく》は言えないと諦めていたのだ。

石鹸は、王都でも生活必需品である。

だがその生産数は決して多くなく、また質のいいものは一部の貴族がその権威を活《い》かして職人に作らせた高級品である。

そのため、形だけは同じに見える安価な偽物が出回ることも、ままあるのだ。

私も実際、それを掴《つか》まされたことがある。

その後、ヴィオラ王女に本物を貰《もら》ったときに、使い比べてみたが、本当にまるっきり別物であった。

「うーん、粗悪品か……考えたこともなかったな」

まぁ、天性の美しさを持つらしいリカルドさんには、どんな石鹸であれ関係ないらしいが。

今日もその肌はきめの一つまで完璧に映って、光を弾き返す。

たぶん彼なら、川の水で洗っているだけでもきっと、しみ一つない綺麗な肌を維持できるだろう、うん。

ちなみに私はといえば、もともと肌は強い方だ。

それに健康的な生活のおかげもあってか、今のところ荒れる気配もない。

「でも、石鹸なんてどうやって作るんだい？　方法がまったく思いつかないけど」

「それなら大丈夫です。昔一度、作ったことがありますから。とりあえずまずは、質のいい油がほしいですね」

うちの実家は、貧乏男爵家。

買えないときには、自作することもあったのだ。そのときは、あまり質のよくないものばかりができていたが、よい材料を揃《そろ》えられるのならば話は別だ。

昼食後、油を調達するため、私は屋敷のすぐ目の前にある森へと出向く。

遠くへ行くつもりはなく、近場で済ませる予定だったから一人でもよかったのだが、リカルドさんも付き添ってくれた。

「危険があるかもしれないから、念のために」とのことだったが、彼の足取りは軽く、少し頬《ほお》も上気している。にこにこと、機嫌がよさそうだった。

基本は屋敷の中にいることの多い彼だが、少しは外へ出る楽しみも知ってくれたのかもしれない。

「それでマーガレットくん。油といっても、あてはあるのかい？　オリーブとか？」

「いえ、エスト島は四季がはっきりしていますから、気候的にオリーブは自生してないと思います。

オリーブは、からっと乾いた気候の方が向いてますから。なので……、なにかです！」

「おいおい、『なにか』って……。そんな調子で大丈夫なの」

「はい、きっと！　私はこの森に期待してるんです。だから、とりあえず歩きましょう！」

絶賛、新緑の季節だ。

生い茂る木々の間からこぼれてくる陽光を頼りに、私は野草たちに目を向ける。

そこで、【開墾】のスキルを発動した。

すると、辺りに生えている植物の特性がなんとなくだが、分かるようになる。これはスキルが【庭いじり】だった頃から使えた能力だ。

それにより、油の抽出に使えそうな植物を探すつもりだったのだが、一つ誤算があった。

あまりにも多様な植物が密集しているせいだろう、たくさんの情報が一挙に流れ込んできて、処理が追い付かなかったらしいのだ。

「うぅ、頭が痛い……」

ずきずきと頭が痛んで、私は前に出る一歩を踏み外して、ふらっとよろめく。

危うく転びかけるところ、

「大丈夫か、マーガレットくん！」

リカルドさんが腰に腕を回し、抱くようにして支えてくれた。

新緑の木々をバックに、美しいエメラルドの瞳が、私を覗《のぞ》き込んでくる。

まるで時が止まったかのような一瞬だった。

想像以上に力強い腕と、甘やかな匂いに包まれれば、安らぎすら感じる。

そのまま倒れ込んでいきかけて、ぎりぎりで正気を取り戻した。

「だ、だ、大丈夫ですから!!!」

私は慌てて彼の腕から逃れる。

たぶん、顔は真っ赤に茹《ゆ》で上《あ》がっていた。どうしようもなく熱くなってくる頬を私は何度か叩く。

誤魔化《ごまか》すために、再び野草へと目を向けたそのときだった。

目に飛び込んできたのは、こんな表記だ。

『スゲ草……生命力の強すぎる雑草。燃やすと毒性がある
エナベリー……落葉樹の赤い実。その実は、エネルギーの塊で、一時的に力を得ることができる
ヤエ草……その実は動物の毛などに絡まり、遠くにまで種子を運ぶ多年草
ラプラプ草……踏むと、大きな音を立てて破裂する』

などなど。

各植物の生えている場所に、唐突にこんな表記が見えるようになっていたのだ。

厄介な草ばかりであることはともかくとして、気づけばもう頭も痛くない。

これは前に急に、土の良しあしが分かるようになったときに近い感覚だ。もしかすると、許容量を超える情報の処理が、スキルを発展させたのかもしれない。なんとなくではなく、文字で情報を掴めるのは、かなり助かる。

「本当に大丈夫かい？　今度は急に立ち止まって、どうしたんだい」

不安げにこう聞いてくるリカルドさんに、私はありのままに起きたことを伝える。

「……そんなことまでできるものなんだね」

すると、口をぽかんと開け、少し呆《あき》れ顔《がお》になっていた。

正直私も、同じ感想だ。

まさかこんなふうに使えるようになるなんて思いもしなかった。

しばし唖然《あぜん》と、植物に関する説明文がたくさん並ぶ光景を見る。

が、途中でふと思い出して、腰元に忍ばせていた小さなノートを取り出した。

そこに、「植物の種類や性質の文章による把握」と記す。

「なにをやってるんだい？」

「この【開墾】スキルがなにをどこまでできるのか、自分で把握しておければ便利かと思って、つけてみることにしたんです」

今のところ他には、
・水やり
・草むしり
・植物魔との会話
・土質の判定
などがあった。

今回そこに、できることが一つ加わったわけだ。

「これで、できそうなことの予想が立ちます。便利じゃないですか？」

「……当たり前のように言うけど、普通は一つのスキルにできることなんて、書き出すほどないんだけどね」

うん、私もそれが普通だとは思う。

ここまで応用が利くスキルがあるなんて他に聞いたことがない。普通は、【治癒】スキルなら、文字通りにヒール魔法しか使えないし、鍛錬してもそれが上達するだけだが、どうやら【開墾】は違うらしい。

いつかは、このノートが埋まるくらい、特殊な技能を身に付けられたりして……！

私はそんな希望を抱きながら、新しい力により、植物の情報を細かく見て山を歩いていく。

そうして無事に目当てのものを見つけた。

「これです、これ！」

見つけたのは、オイル花。

説明文を見れば、『その種子は、たっぷりの油を含んでいて、潰すだけで上質な油が手に入る』とある。

王都で見かけたことはない種だったが、やはり高温多湿な気候の下では、自生する植物の種類も異なるらしい。

私は試しにそのさやの一つを摘《つま》み、皮をむくと、小さく黒いその粒を指先で挟んで潰してみる。

すると、ぷちっという弾ける音とともに、中からは油が染み出てきた。

くせがなく、鼻に抜けるような香りだ。必要以上にべたべたともしない。

「うん、石鹸づくりにぴったりだと思います。オリーブよりいいかもしれません」

「君が言うなら確かだね。じゃあつむのは、手伝おう」

あたりには、オイル花が多く自生していた。

私たちはそのすべてを取らないように配慮しつつ、程よい量をいただいてくる。

大事なのは、自然と適切に付き合うことだ。

そうして屋敷に戻った私は、リカルドさんに油の抽出を任せて、次なる材料探しへと向かう。

……できればもう少し、種子をぷちぷちしていたかったなぁ。気持ちよかったし。

なんて、ちょっと物足りない気持ちになりながら、石鹸づくりのため、次に私が足を向けたのは、屋敷の裏手を少し行ったところにある浜辺だ。

そこでは、リカルドさんの部下の方々が釣りに励んでいる。

このあたりは水が透き通っていて、浅瀬ならば下まで見通せるのだ。

そこで私はすぐに目当てのものを見つける。

「え、マーガレットさん、なにをやってるんです？　海藻って、そんなものどうするんですか。足に絡まって邪魔なだけかと」

浜に打ち捨てられており、あっさり手に入ったのだ。

どうやら釣りの邪魔になるからと、彼らが適当に除《ど》けていたらしい。

「燃やすんです」

とだけ答えて、私はそれを籠に詰めて持ち帰らせてもらう。

「えぇ………」

「また変なことしようとしてるんじゃ。まさか植物魔の錬成とか？」

「いやいやさすがにそれは……いや、マーガレットさんならありえなくもないか」

という、困惑しきった声が背中からは漏れ聞こえていた。

私がトレントと仲良くなったり、ミノトーロを連れ帰ったりするから、怯《おび》えられているらしい。

というか、植物魔を生み出すなんてできるわけがないし！　私は魔女か！

心の中でそんなふうに思いながらも、わざわざ言ったりはしない。また怯えられるかもだしね。

完成品を見てもらえれば、きっと誤解も解けるだろう。

気を取り直して屋敷に戻ると、海藻類を薪《まき》にくべて灰にする。

それを鍋で煮込んで、いわゆる『灰汁《あく》』を作っていくのだが、

「なんだ、なにかの生き物を錬成しているみたいだな。とても石鹸になるとは思えないよ」

その光景にはリカルドさんまでこう漏らしていた。

うんまぁたしかに、灰色の液体がぐつぐつ泡を立てる様は、たしかに異様かもしれない。

それこそ植物魔を錬成しているようにも見える。

——が、しかし。

「石鹸だね、この色味……」

その反応は一晩ののち、すっかり真逆のものになっていた。

「これに、昨日の灰汁を使っているのかい……？」

「はい、やっぱりいい海藻に、いいオイル花の油を使うと結構綺麗にできますね」

灰汁は、一日紙やら布やらで濾《こ》しておくことで透明な液体になる。

そうしてできた汁は、普通の水とは違い、油と混ざり合うように変化するのだ。

私はそれを井戸のそばまで運び、汲《く》んだ地下水で冷やしながら固めていく。

最後に、木を削って作っていたカエデの形をした型でくり抜いたら、もう出来上がりだ。

まずは試しに、私とリカルドさんで使ってみる。

「よかった～、かなりいい感じかも」

「うん、たしかにいつもよりさっぱりとした気がするね」

二人の意見が一致した。

十分な出来だと言える代物だった。

手で擦《こす》ったときの泡立ちもよく、顔に乗せれば幸せな匂いに包まれる。

たぶん、庭で育てていたレリーフ草を、わずかに混ぜ込んだからだろう。

それが、このほどよい匂いと、心地よさを生み出しているらしい。

もちろん、洗い終わった感じもかなりの好感触だ。

肌の脂が落ちてさっぱりとするが、かさかさとするほどではない。

そして私は、洗顔後のケアも用意していた。

「消炎効果のある瓜《うり》科のへちまを使った保湿液です。皮膚が荒れたときには効果てきめんですし、普段からの保湿にも最適です！」

こう言うと、大層なもののようだが、実際には違う。

庭に植えていた瓜植物の茎を折り、そこから染み出てくる液体を水で溶いただけの簡単な美容液だ。

だが、この消炎効果はあなどれない。

やけど痕なんかにも効くくらい、高性能なのだ。

「うん、肌がぴりついたりはしないね。なんなら、どんどんと吸収されている気がするよ」

リカルドさんはその美容液を顔に塗り込むと、自分の頬を両手の人差し指で押して確かめる。

その仕草に私の心臓は、打ちのめされた。

中性的な顔をした彼がやると、まるで女の子みたいだ。格好《かっこ》いいのに、しかも可愛《かわい》い。

できれば、私もその頬をつんつんしたい……！　なんて俯《うつむ》きながらに妄想を膨らませ、思わずそれが「へへへ」という笑いで外に漏れるが、

「ど、どうかしたかい？」

まさか本当のことを言えるわけもない。

はっと顔を上げて、言い訳を繰り出す。

「えっと、お試しありがとうございます。とりあえず、これ、カーミラさんにも試してもらいます！

リカルドさんはもう戻っていただいて大丈夫ですよ」

「まぁそうだね。彼女は素顔を人に見られたくないみたいだし。あとは、よろしく頼むよ」

なんとか誤魔化すことに成功した私は、石鹸をカーミラさんの部屋へと持っていくことにした。

彼女は昨日から、部屋に籠もりきりだった。

食事も部屋で取っており、配膳や下膳は私が行った。しかも、初めは食べる気すらなかったようで、部屋の前で粘った末にどうにか食べてもらったくらいだ。

今日も持久戦になるかと覚悟をしていたが、

「できましたよ、石鹸！　レリーフ草を配合した特製品です。しかも、へちま美容液も用意しました。これできっと、お肌もよくなります」

と言えばすぐに扉は開いた。

なんだかんだで、期待してくれていたのかもしれない。じっとりと、その白目がちな目がこちらを窺《うかが》う。

「……本当でしょうね？」

「はい、誓って本当です。とにかく、出てきてください。そうしたら、これを使っていいですよ」

私は手元の布を開いて、彼女に石鹸をお披露目《ひろめ》する。

するとカーミラさんはすぐに、私の手元を覗き込んだ。そして、感嘆したような息を漏らす。

「この透明感、なにこれ。王都の一級品？　そうでしょ、あたし一回だけ使ったことがあるの」

「いいえ、ここの屋敷にあったものは粗悪品だったので一から作ったんです」

「作った、これを？　そんなことまで、できるの、あなた………すごいわね」

カーミラさんはそう呟《つぶや》いたのち、はっと口を覆う。

まるで失言をしたみたいな反応だ。

それを少し不思議に思った私が油断していると、彼女は石鹸を攫《さら》って、早足で廊下を歩いていってしまう。

が、こんなに目的地が分かりやすいこともそうない。

向かう先はたぶん、井戸だろう。

それが分かっていたから、私は先回りをして、井戸のすぐ目の前にある建付けの悪い簡易倉庫に身を隠す。

しばらくすると、本当にカーミラさんはやってきた。

誰にも素顔を見られたくないためだろう。周りを警戒しながら、井戸までたどり着く。

私はその様を、倉庫のスライド式の扉を少しだけ開けて覗き見ることとした。

勝手に、はらはらドキドキとしていた。

私とリカルドさんは問題なかったけれど、彼女の敏感肌にも合うだろうかと少し不安もあったのだ。だいたい、まともなものを作ったのは初めてだ。

私は息を呑《の》んで、彼女が顔を洗うのを見つめる。

「……すごい、なにこれ。洗い終わったのに、もちもちしてる……」

どうやら、上々の結果だったらしい。

彼女はへちま美容液を塗り込んだ後、何度も自分の肌に指を沈み込ませて、その張りを確かめる。

持参していたらしい手鏡で自らの頬を見る彼女は、無自覚だろうが、口角が上向いていた。

上気した頬には、笑窪《えくぼ》ができている。どうやら彼女の肌にも合うような、敏感肌にも優しい石鹸に仕上がっていたらしい。

私は、ほっと一つ息をつき、扉に寄りかかる。

と、そのときだ。きぃと嫌な音がした。

まずいと思ったときには、もう遅かったらしい。年季の入っていたその扉は、重みに耐えきれなくなったのか、ばきりと割れて途端に前へと倒れだす。

「え」

そのまま地面へと放り出された。

衝撃に閉じていた目を開けてみれば……

「なにやってるの、見てたの!?」

結局は、冷たい視線を注がれてしまった。

しかも、怒りも買ってしまっている。今回ばかりは、完全に覗き見るつもりだったのだから無理もないのかもしれないけれど。

せっかく万事うまくいっていたのに、最後の最後にやってしまったらしい。

また怒声を浴びせられそうだと、私は青ざめるのだが、カーミラさんは予想に反して、こちらまで来て屈《かが》むと、手を差し伸べる。

顔を洗った際に外したのか、レースはしていない。

そのままの顔を見せてくれていた。

「まぁいいわ。ほら、立てる？」

「は、はい……」

「勘違いしないで。あたしはただ……、あの石鹸を作ってくれた恩を返したかっただけだから。借りを作るのは嫌いなの。いいから、この倉庫はマウロを呼んで直させましょう」

まだ、完全に心を許してくれたわけではなさそうだ。

けれど、一歩は前進したと言えるのではないだろうか。

二章 三話 不安定な彼女

chapter 02

それから数日が経《た》って。

カーミラさんはやはり部屋から出てこなかったのだが、ある日の朝突然に、食堂へと姿を現した。

顔にレースの被《かぶ》り物《もの》はしていなかった。化粧もしていない。素朴な顔をそのままに、席に着く。

誰も、なにも口にしなかった。

リカルドさんは気を遣ってだろう、それが当たり前であるかのように彼女の前に食事を配膳する。

彼女と同じタイミングで島へ来た建築士の青年・マウロは無関心らしく、彼女の方を見ようともしない。

無言の空気で、すべてが成り立っていた。

そんななか私はといえば――

「そのままでも綺麗《きれい》ですね、カーミラさん」

たまらず、こう声をかける。なにもお世辞なんかではない。

本当に、そう思ったからこそだ。

たしかに、前の厚化粧状態の方が今どきの令嬢感はあったけれど、そのままのはっきりとした目鼻立ちもそれはそれで様になっている。美しさで言えば、ゆうに勝っている。

彼女からの反応はとくになかった。

ただ黙々と朝食を食べ終えると、「ごちそうさま」と呟《つぶや》いたあと、

「マーガレット」

唐突に私の名前を呼ぶ。

これまでは、「あんた」とかしか呼ばれていなかったから、なんだか新鮮だ。

そう思っていたら、

「今日からきちんと働く。教えてくれる？」

後に続いたのはこんな言葉だ。答えは、もちろん決まっていた。

私はにっと笑顔になる。

「任せてください。太陽の下で動くと気持ちいいですよ！」

少し遠回りをしたが、これで今日からは当初の予定通りだ。

いつかカーミラさんには一人前の庭師になってもらい、王都へ戻ってもらわなくてはならないのだ。

私は気合を入れて指導に取り組もうとするのだけれど——

「これなに？　どこをどう食べるの。この草の部分？　無理じゃない？」

「これはラディッシュですよ。ローストビーフとかに添えられたりすることが多い、小さな大根です。葉っぱも、実も食べられますよ」

「……へー、これがねぇ。山にあったら間違いなくスルーしてるところよ」

まずは午前中から昼過ぎにかけて行ったのは、屋敷前にある畑の整備だ。

その畝の周りを歩きながら、一株ずつ状態確認をしていく。

……それにしても彼女は野菜に関する知識などもほとんど持っていない。

本当に庭師になろうとしているのかどうか疑わしいくらいだ。ラディッシュくらい、一般教養の範囲だろう。

それに今みたく、たまに興味を示したと思ったら、その感性はななめ上からだ。

しかしまぁ、派遣されてしまっているのだから今更言ってもしょうがない。

私は諦めずに根気強く説明しながら、畑の様子の確認を進めていく。

「これ、もう完成してるっぽいけど？」

その途中、カーミラさんが指さして言うのは、ヘホかぼちゃだ。

まだ苗を植えて、ひと月程度しか経過していない。本来なら、三月程度を要するもので採れるのは夏頃のはずだ。

たしかに実は立派に膨らんでいるし、【開墾】スキルで見ても、採れ頃とのことであった。

本来より、かなり早い成長ぶりだ。

たぶん、魔牛・ミノトーロのフンを混ぜて作った土が優秀な仕事をしてくれたのだ。豊富な養分のみならず、『活性』の特徴を持つ魔素により、成長が加速したのだろう。

私は【開墾】スキルで、そのかぼちゃの実を見る。

数日前からこまめに確認していたが、どうやら、これ以上に実が膨れることはないらしい。

「これ、今日採っちゃいましょうか。これ以上は大きくならなそうですし！」

「はーい」

普段の確認に加えて、収穫作業まで。

やっと一段落が付いたのは、昼ご飯を挟んで、少しのこと。

もう昼下がりの時間帯だった。

しかし、その時点ではまだ、全体の半分も見られていない。

バジルやエンドウなど山に自生していた野菜類をかなりの数植えたので、畑もだいぶ広大になっていたためだ。

「あー、やっぱり無理ぃ!!!!」

……そうして、また始まってしまった。

少しの休憩をとったあとのことだった。

カーミラさんは外に出てくるやこう叫び声をあげて、日陰にあるベンチに座り込み、膝に肘をつくとそのまま動かなくなってしまった。

やっと、前に進み始めたと思ったのにこれである。

彼女は、わざとらしいくらい大きなため息をついて、

「つまんない。遊べないし、甘いものも食べられないし退屈すぎる！　もっと刺激的な生活ができると思ってたのに！」

などと、再びわがまま放題に言い散らす。

なんとなく不自然さを覚える。

前よりも、どうにか無理やり絞り出しているかのような、具体性のないわがままである。

前言撤回だ、やっぱりまだ予定通りというわけにはいかないらしい。

これには、さすがに私も少し戸惑ったのだが……こんなときこそ相手の立場になって考えるべきだ。

誰かを育てたことなんてない私だが、その大切さは理解している。

まぁたしかに、都会と違って遊べるものなんてほとんどないのはたしかだしねぇ。

娯楽と呼べるものは唯一、チェスなどの盤を使ったゲームくらい。

やらない人からすれば、なにもないに等しい。

私はもう働きだして五年近く経っているし、仕事づけの環境も受け入れられるが、二十歳にも満たない彼女にとってはたしかに、辛《つら》い環境かもしれない。

ぱぁっと買い物して気晴らしができるわけでも、友達に会って愚痴を言い合えるような環境でもないのだ。

ここは、孤島なのである。

たしかに、なにかは必要かもしれない。

私は敷地全体を見回して、少し考え込む。

そこで、ある一つの案を思いついてしまった。これならば、少しは爽快な気分になってもらえるかもしれない。

私は事前にトレントたちに話をつけてから、まだむくれ返っていたカーミラさんを呼びに行く。

「そんなに遊びたいのなら、とっておきがありますよ」

「はぁ、なに言ってんの？　どう見たってないでしょ。こんな島に、海以外でなにができるの」

「まぁまぁ、とにかく来てください！　かなーり刺激的な遊びがありますから」

私の押しに負けたのか、カーミラさんは半信半疑といった様子ながら、後ろをついてくる。

そうして私が案内したのは、同じくらいの背丈をしたトレントの間だ。

そこには、彼らの枝葉を合わせて作られた椅子が用意されている。

そして、その椅子は太い枝で、彼らの腕に繋《つな》がっている。

「な、なにこれ……」

目の端が、ぴくぴくと引きつっていた。

カーミラさんはその場に立ち尽くしたままの姿勢で上を見上げて、呆《あき》れたような声を漏らすから、私はその肩を押して席に座ってもらう。

合わせて、両脇から垂れてきている枝を手で摑《つか》んでもらった。

「ただの椅子じゃない。これに座って、なにが楽しいの。トレントじゃないけど植物魔なら、王都外れにもいたし、別になんにも刺激的なんかじゃ――」

と、強気なことを言っていたが……その途中で椅子が揺れ動き始めた。

「な、まさかこれって」

「トレントブランコです！　かなり高い位置から吊《つ》るされてるので、迫力満点間違いなしですよ」

「嘘《うそ》、嘘でしょ、そんなの聞いてないし!!　というか、そんな子どもだましなもので満足するわけないでしょ!?」

「まぁまぁやってみたら、きっと楽しいですよ！　ね？」

と、最後は支柱役の片方を担っていたトレちゃんに投げかける。

『うむ、わたしも、まぁいい運動にはなるか。この娘には、しっかり刺激を味わわせてやろう』

トレちゃんには事前に、できるだけ振り幅の大きいブランコになって、刺激を与えてくれるようお願いしていた。

カーミラさんは、自分の背よりだいぶ高いところまで大きく揺られて、「ちょっと、なにこれ！!!?　ありえないんですけど!!」と叫び声をあげる。

が、私はそれに答えずその場を離れる。屋敷の中へと戻り、窓から見てみたら様子は変わっていた。

結構楽しそうに乗りこなしているのだ。

時折、笑顔がこぼれているようにも見える。

たしかに爽やかな森の風を浴びて揺られるのは、かなり心地よさそうだ。

なんだ、ちゃんと楽しんでるじゃない。やっぱり、まだ十八歳かそこら。心に幼さが残っているのかもしれない。可愛《かわい》いものだ。

なんて思ったけれど、できるなら今度は私もやってもらいたい……！　そんな願望が、むくむく湧き起こっていた。

年齢なんて関係ない、二十五になっても遊びたいときは遊びたいのだ。

リカルドさんが乗るのを見ているのも楽しそうだ。

普段は喜ぶときも静かで、はしゃいだりしない彼だ、いったいどんな反応をするだろう。

そんな想像を膨らませながら、私は一度、屋敷へと戻った。

屋敷まで帰ったわけは、なにか甘いものを作ってもらえるよう、リカルドさんに頼み事をするためであった。

どうせなら、カーミラさんのわがままをすべて叶《かな》えてしまえないかと考えてのことだ。

たしかに彼女の言っていること、それ自体はめちゃくちゃである。志願して島に来ておいて、普通は言わないようなことばかりだ。

が、逆に考えればその願いを叶えられるように変化させていけば、島での暮らしはより快適なものになるにちがいない。

そう、前向きに捉えることにしたのだ。

だから、まずはリカルドさんにそれを理解してもらえるよう、説得を行うつもりだったのだが

——


「あれ、もう作ってる……!?」

館内の中、彼を探して歩き回れば、見つけたのはいつもの調理場。

彼はそこで、切ったかぼちゃを小鍋で茹《ゆ》でていた。その横には牛乳や砂糖も用意されている。

「はは、見つかってしまったか。うん、今日採れたばかりのかぼちゃがあっただろう？　それを使って、なにか甘いものを作れないかと思ってね」

「もしかして、カーミラさんのわがままを叶えるためですか？」

「うーん、少し違うかな。彼女のためだけじゃない。みんなのためだよ。生活に甘いものがあった方が、君も僕も、みんなも幸せになるだろう？　それだけのことだ」

思考がシンクロしているんじゃ!?　と、勘違いしそうになるくらい、その考え方は私と一致していた。

それに驚いていると、

「そうだ、マーガレットくん。もう茹で終えた分がここにあるんだ。とりあえずこのまま少し食べてみてくれないかな」

リカルドさんは、カットかぼちゃを小皿に載せて私に勧めてくる。

綺麗なオレンジ色をしていた。

そのうえ、ゆらゆらと上がる湯気も食欲をそそる。

島に来てから自ら育てた作物を調理して食べるのは、ハーブを除いてはまだない。

少し感慨深い気持ちになりながら口にすると、幸せになった。

比喩ではなく本当に。

「なに、これ。甘い、とっても甘いです……！　味付けしてないんですか、これ」

「うん。砂糖の一つも使っていない。それでこの甘さなんだよ。ただ茹でただけで、一流貴族たちの食卓に並んでもおかしくないくらい、完成された味になってるんだ。生育が早いだけじゃなく、味もいい。あの畑はすごいよ。君の努力と工夫のたまものだね」

リカルドさんに褒められているのに反応できないくらいの、美味《おい》しさだった。

嚙《か》めば嚙むほど、ほろほろと身が崩れて舌の上には優しい甘さが広がっていく。

外皮の苦みも、いいアクセントだ。

たしかに、こんなかぼちゃ、少なくとも私は口にしたことがない。

「スイーツを作りたくなるわけも分かるだろう？　これなら、砂糖の量が限られている島生活でも、甘味《かんみ》を作れるかもしれない。そう思ったんだ」

「なるほど……！　それに、ミノトーロたちを飼いだしたおかげで、牛乳も手に入りますしね」

「うん。それも大きいね。そうだ、どうせなら一緒に調理していくかい？　プディングを作ろうと思っているんだ」

「はい、やらせてください！」

いつもは庭作業ばかりしているから、たまにはこういうのも息抜きになる。

……といって、リカルドさん指導のもとだったし、そもそも工程の少ないスイーツだった。

かぼちゃの裏ごしをして、牛乳、片栗粉《かたくりこ》と混ぜ合わせたら、とろみがつくまで火にかける。

そうしてできた半液状のものをあとは、容器に入れて冷やし固めるだけだ。

ガラス容器に入れ、井戸水で容器ごと冷やす。途中何度か水を入れ替えたら、もう完成だ。

私が固まったプディングを持って厨房《ちゅうぼう》へと戻れば――

「いつのまにこれを!?」

いつのまにか、彼はクッキーを焼きあげていた。

綺麗なオレンジ色をしていて、いい香りが漂う。しかも、綺麗なマーブル模様まで施されていた。

「クッキーが添えてあったら、よりスイーツらしくなるだろう？　お、そっちもできたみたいだね」

当たり前のように振る舞うリカルドさんの横、私はその手際のよさに驚かされるのであった。


完成後、私とリカルドさんは手分けをして、屋敷の周辺に散らばっていたみんなを呼びに行く。

せっかくだから、休憩がてらに茶会をしようという話になったのだ。

私は、カーミラさんの担当だった。

さっきまで楽しそうに乗っていたトレントブランコの前まで探しに行くが、そこにはいない。

「どこに行ったか知ってる？」

上を見上げてトレちゃんに尋ねれば、

『少し先の森の中だよ。問題はない、わたしの目が届く範囲だ』

とのこと。

逐一、彼に道順を教えてもらいながら彼女のもとにたどり着けば、カーミラさんは地面にしゃがんで、なにやら拾い集めている。

「なにをしているんですか」

「い、いつからそこにいたの!?」

「ついさっきですよ。そんなにいつも尾行してるわけじゃないです」

また、この間彼女が部屋に閉じこもっていたときと同じような問答になってしまった。

彼女は慌てて一度、背中の後ろに籠を隠す。

少しばかり見ようと覗《のぞ》く私と、隠したい彼女で、謎の攻防が繰り広げられることになるが、もう隠し通せないと思ったのか、最後には見せてくれた。そこに入っていたのは、なんの変哲もない小石や小枝である。

「……小物を作るのが趣味だから。材料になりそうなの集めてただけ。文句ある？」

思っていたより、ずっと落ち着いた趣味だった。

容姿から勝手に夜会やお茶会ばかりに行く、派手なものが好きなんだとばかり思い込んでいた。

そりゃあまぁ、仕事を投げだして、叫び散らかした末に遊んでいたと思ったら、これだ。まったく不満に思わないとは言わないけれど、今は意外性の方が勝っていた。

ここ数日、彼女が部屋に籠もっている間、いったいなにをしているのだろうと思っていたが、こうした作業に精を出していたのかもしれない。

「私も探すの手伝いますよ。そのかわり、今度なにか作ったら見せてください！　気になります」

「……頼んでないんだけど？」

「まぁまぁ。こういうの得意なんです。あ、その幹、中が腐ってますよ。やめた方が無難だと思います」

「え、まじ!?」

私はスキル【開墾】を使って、彼女の作業を手伝うことにする。

腐っていない小枝や、木の実を厳選するのは、スキルが【庭いじり】だった頃からの特技だ。

そもそも、こうしてより分ける作業は結構好きな方である。

「で、なにか用があったんじゃないの」

思わず、本来の目的を忘れかけるくらい短時間で熱中してしまった。

「そうだ、リカルドさんと二人で、お菓子をつくってみたから呼びに来たんです。ちゃんと甘いお菓子ですよ！　カーミラさん、食べたがってましたよね」

「……な、なんでそんなことまで」

「なんでって、カーミラさんの話を聞いてたら食べたくなったからですよ。そろそろ行きましょうか。きっと、かなり美味しいですよ！　リカルドさんの腕は抜群ですから」

私は彼女に笑顔を向けて、こう投げかける。

面倒くさい、と口にはせずとも、歪《ゆが》めた顔でそう伝えてくるが、彼女は正直じゃないのだ。ついてきてくれることは確信していた。

実際、私が先に行くと、彼女は少し後をついてきて屋敷へと戻る。するとちょうど、他の方々も集まったところだった。

建築担当のマウロさんや、リカルドさんの部下も含めて、席を囲む。

そうして振る舞われたかぼちゃスイーツは、想像通り絶品であった。

リカルドさんの部下、計三人は感嘆の声をあげ、

「こんな美味しいお菓子を島に来てまで食べられるなんて」

「というか、かぼちゃの味そのものが美味しい……しみる………」

「リカルド様、マーガレット様、ありがとうございます！」

中には泣き出しそうな勢いになる人もいた。

たしかに、忘れていた味だ。

かぼちゃプディングは、つるんとした舌ざわりと濃厚な甘みが舌を蕩《とろ》けさせる。クッキーの方は、さっくりとした仕上がりだが、その甘みが全面に活《い》かされており、ミルクティーにぴったりの菓子だった。

「……美味《うま》い」

普段は無口を極めているマウロさんも、こう呟く。

カーミラさんは無言だったけれど、満足はしているらしい。

彼女はなにか言うわけじゃなかったけれど、その顔には前に石鹸《せっけん》と美容液を作ってあげたとき同様に、頰《ほお》に笑窪《えくぼ》ができていた。

それをリカルドさんも見ていたらしい。

彼はぴんと背を張りミルクティーに口をつけながら、片目を瞑《つぶ》り私にウインクをする。

二人だけに通じる合図みたく、特別な意味が込められているわけじゃない。単に「よかったね」というだけの仕草とは分かっていた。

けれどそんなことには関係なく、心臓を射抜かれる私であった。

とりあえずまぁこれでまた一つ、生活環境の改善には繫がったかな？

カーミラさんの不満も参考にしながら、生活改善をはかる。そう決めて以降も、彼女のわがままな言動は続いた。

ただし、ずっとというわけではなく断続的に、だ。なんというか、不安定な言動だった。

「これ、あたしが作ったの。……………ど、どう？」

「これ、犬ですか！　可愛《かわい》いです、とくにたくさん並んでる犬の姿勢が一匹一匹違うのが可愛いですね！」

なんて、木片から手作りしたらしい可愛いチャームを期待に揺れるまなざしで見せてくれることがあったり、

「この白い花がつくのがレリーフ草。たしか、日当たりがよくて風通しがいい場所を好むハーブで、心を落ち着かせる効果があるのよね、覚えた。それで、こっちのチルチル草はごつごつした葉が特長で、根っこを使う。魔力を外に放出させる効果がある。それから――」

真面目に畑仕事に取り組んでくれるようになり、畑を知らないなりにメモをとって植物の特徴を把握してくれる、なんてことも増えたのだが……かと思えば、唐突に「疲れた」と言ってみたり、「夜更かしで寝不足だ」とわめいてみたりするのだ。

もはや、なにかおかしいことは分かり切っていた。

「カーミラさん、どうかしました？　なにか抱えてるなら聞きますよ」

と、彼女に投げかけてみても「なんのこと？」と言われるだけで、答えてはくれなかった。

しかしまぁそれでも、カーミラさんの要望が改善の参考になるのは、たしかだ。

だから私は、寝心地のいい環境を作るためベッドに敷いている藁《わら》にレリーフ草を干したものを加えたり、体力回復に効果てきめんという野草・リストロ草の花を採取してリカルドさんにスープを作ってもらったりなどして、できる対応方法を編み出していった。


そんなある日のことだ。

もう就寝していた私は、窓の外から唸《うな》るような声が聞えてきて、はっと目を覚ます。

『……いる。おき………』

「トレントたち……？」

普段は大人しく、こんな夜には私たちへの配慮から絶対に騒がない彼らだ。

私は眠気を押して、窓を開ける。

するとそこには、一体の大きなトレントがべったりと貼りついていた。顔は見えないが、間違いなくトレちゃんだ。その声でも、雰囲気でも分かる。

いつもは畑の奥にいる彼らだ。こんなこと、平時ではありえない。

「トレちゃん、これどうしたの!?」

『おぉ、やっと起きたか、マーガレット嬢。とんでもない侵略者が来ている！　早く対処をせねば、畑が終わってしまう！　あれは我らの天敵。屋敷はこうして守れるが、畑すべてとはいかぬ……！』

トレちゃんはそう言うと、窓の周りの枝や葉だけをどけてくれる。

そうして窓から見えたのは、大量の魔黒鳥《まこくちょう》・オムニキジが畑を襲う姿であった。

雑食である彼らは、ゴミでも野菜でも、なんでも食い荒らす凶悪な魔物だと聞いたことがある。

一応カラス除《よ》けなどは設置していたが、彼らには無効果だったか、ついに見つかってしまったらしい。

そして驚いたのは、もう一つ。

体の大きさにして成人男性程度、そのうえ鉤爪《かぎづめ》や翼は、鋼鉄のような強度を誇るオムニキジ。

黒の侵略者とも呼ばれ、町一つを破壊しつくすなんて噂《うわさ》もある凶悪な群れに対して、カーミラさんが寝巻き姿のまま勇敢にも農具を振り、追い払おうとしていたのだ。


――魔黒鳥・オムニキジが襲来するほんの少し前、明け方迫る夜。子爵令嬢カーミラ・カミッロは、自室に籠もって一人、頭を悩ませていた。

悩みの種は、身の振り方についてだ。

毎日のように考えてきたが、自分でもどうするのが正解なのか、もうまるで分からなくなっていた。

その大元の原因は、エスト島へ来るにあたり、カーミラへと秘密裏に下されていた命令にある。

『雑草女、マーガレットを徹底的に邪魔するのです』

と、そんな命令がベリンダ・ステラ公爵令嬢から与えられていたのだ。

実家であるカミッロ家は、公爵家・ステラ一派に属していた。

カミッロ家が子爵の地位を賜ったのは、そもそもステラ家の身の回りの世話を担当しており、寵《ちょう》愛《あい》を受けていたからだ。家への資金援助までもちかけられたら、いかにステラ家の評判が落ちていようが、カーミラには断りようがなかった。

ベリンダ嬢は、自分の地位や名誉が落とされた原因が、マーガレットにあると考えているらしかった。

そこで、エスト島への庭師派遣があると知ったらしいベリンダは、カーミラに手紙で依頼をしてきたのだ。

正直、気乗りはしなかった。

もともと温厚な性格じゃない自覚はあるが、わざわざ迷惑行為を働こうだなんて考えたこともなかったし、なにより庭作業に興味もなかった。

自分の趣味である手芸関係をやっていられたら、化粧をしておしゃれを楽しんで、それだけで満足だったのだ。

けれど、公爵令嬢のベリンダからの依頼は、ほとんど命令のようなもの。

カーミラは仕方なく、庭師見習いとしてエスト島に来たのである。

そして言いつけの通り、任務を遂行しようとした。

忠実に、言われた通りに迷惑をかけた。

わざと目に余るくらい横暴な振る舞いをして、マーガレットたちを困らせる。

ただ、顔にできた発疹《ほっしん》が気になって、部屋も出られないほど落ち込んだのは、本当の悩みだ。

けれど他に関しては、心にもないようなことをわざと言ってみたりもした。

遊びたいとか、甘いものが食べたいとか、他にももろもろ。

そんなことが島でできるわけがない。……なかったはずなのだけれど。

マーガレットは、懐の深さやスキル、発想などにより、無理難題であるカーミラの要望すべてを叶《かな》えてしまう。

「すごいなぁ、マーガレットは」

自室にて、カーミラは、自室に飾りつけるためのリースを作りながら一人呟《つぶや》く。

そして同時に浮かぶのは彼女への感謝の思いだ。

ここまで無茶《むちゃ》を言っても受け入れてくれたし、長年悩まされてきた肌の悩みすら解決してくれた。

それに、カーミラが作っている小物の類いを「見たい！」と言ってくれたのも、嬉《うれ》しかったことだ。

ベリンダには、『庶民みたいな趣味ね。早くやめた方が身のためよ』なんて、散々にけなされてきたのだから。

ぐるぐると、カーミラの頭の中は回転する。

与えられた任務は迷惑をかけること、でも、本音はむしろ感謝さえしていて、心が痛む。

じゃあ自分はどうするべきなのだろう。

数日間、悩み続けている問いだ。

結論が出ないまま、作業の手も止まってしまう。

かといって眠れないので、ただただ椅子に座り続けていたところ――

窓の外がなにやら騒がしくなっているのに気がついた。

窓を開けてみれば、そこには大量のオムニキジが畑を埋め尽くさん勢いで次々と飛来している。

「あの黒い魔鳥って現れたら畑がなくなるまで荒らし尽くすっていう――――」

気づいたときにはもう、カーミラは部屋を飛び出ていた。

本当なら、『迷惑をかける』という目的があるのだから、見なかったふりをしてもよかったのだ。

けれど、いざ畑が壊されていくのを見たら、もういても立ってもいられなかった。

マーガレットの丁寧な世話ぶりが頭に甦《よみがえ》る。自分がどれだけ手を抜いていても、仕事が多くなっても彼女は、丁寧な世話を欠かさなかった。

本当の子どものごとく大事にして、日々の成長を喜んでいた。

その努力を、愛を無駄にしたくはない。

理屈を抜きにすれば、心ではもうずっと、マーガレットの助けをできるようになりたいと、そう思っていたのだ。

「やるしかない……！」

玄関先に立てかけられていた鍬《くわ》を手に、カーミラは外へと出る。

まずはみんなを起こしにいくべきだったと気づいたのは、そこに至ってからだ。

気が動転していた。

自分の魔法スキルは【保存】、少しばかり物の耐用期限を延ばせる程度の力しかなく、まったく戦闘向きではない。

月明かりと、手持ちサイズの明かりだけでは視界も危うい。

「やめろぉーーーーっ!!!!!!」

でもそれでも、さんざん迷惑をかけてきた分を、色々としてもらった恩を、ここで返したかった。


もう、眠気は吹き飛んでいた。

私はすぐさま、リカルドさんたちを起こしに部屋を出る。

この屋敷は、一階が食堂などの共有スペースで、二階が各自の部屋になっている。

私とカーミラさんの部屋は西棟で、中央の吹き抜けを挟んで反対側、東棟はリカルドさんたち男性の部屋だ。

そちらまで走っていこうとしていたのだが、ちょうど渡り廊下でリカルドさんと出くわす。

彼も寝間着姿だが、剣と明かりを手に握っていた。

「起きていたか、マーガレットくん。さすがのトレントたちでもあの量は防ぎきれなかったらしいな、相性も悪い。とにかく、すぐに出よう。君はトレントたちの統率を任せていいかな。部下やマウロくんは各自の部屋にいるよう言ってある。カーミラくんは――」

「それが、今、外で一人で戦ってるんです！」

「なんだって!? 彼女のスキルって、戦うようなスキルじゃなかったと思うんだけれど……。まったく、無謀なことをするよ」

会話を交わしながら、らせん状になった階段を早足でくだる。

そうして、正面玄関から飛び出てみれば、目も当てられないような景色が広がっていた。

畑に侵入してきたオムニキジが、作物をついばみ、その強靭《きょうじん》な足で引《ひ》っ掻《か》いてしまったりもしている。

土は踏み荒らされて、めちゃくちゃだ。せっかくの畝が崩れているところもあった。

「やめろー!!!! とっとと、どっかに行けっ!!」

そんななか、カーミラさんがどうにかそれを止めようと、鍬を振り回していた。勢いと重さにひっぱられ、よろめきながらも、やめようとはしない。

「とにかく、やるしかないな……！ マーガレットくんは、とりあえずあの子を止めてきてくれ。トレントたちへの指示は後だ。あのままじゃ危険すぎる」

リカルドさんはこう言い残すと、すぐに剣を抜きその剣身に炎を宿すと、オムニキジの群れへと向かっていく。

私は言われた通りにカーミラさんのもとへ走りつつ、彼が戦闘するのを横目に見る。

「マーガレットくんと作り上げてきた畑を乱すようなら、容赦はしないよ」

普段、自分から戦いを仕掛けることはないし、荒事は苦手だという彼だ。が、それでも剣の腕は立つ。

オムニキジは、俊敏だ。

そのうえ彼らの攻撃は当てては逃げるを繰り返す戦法をとっていた。

当てることすら難しそうなのだが、乱撃により、何匹ものオムニキジに一挙に攻撃を加えていた。

その炎も効果的だ。

それで倒れる個体もいるにはいたのだが、

「な、なんだと!?」

尾や羽に火がついたまま、周囲を千鳥足で走り回るオムニキジが何体かいたのは、まずかった。

リカルドさんの魔法技に威力があることが災いしていたらしい。

畑の野菜のみならず、屋敷前に積んでいた魔牛・ミノトーロたちの餌である干し草にそれが燃え移ってしまう。

そしてそれは、身体《からだ》全体で覆うように屋敷を守っていたトレちゃんの枝葉にまで引火してしまっていた。

彼はもうかなりの年齢だ。その葉に水分は少ないから、燃えやすくなってしまっていたのだろう。

「……すまない、トレちゃん！　今、消してやる！」

と、リカルドさんは言うが、次々に襲い来るオムニキジとの戦闘がそれを許さない。

しかも、水場は裏手の井戸だ。

『くっ、火には弱いのだ……！』

トレちゃんがうめき声に乗せて、苦しみの声をあげる。

ここは、私が行くしかない。

叫びながら鍬を振るカーミラさんがとりあえず怪我《けが》などをしていないことを確認すると、私はすぐに引き返す。

「トレちゃん、待ってて！」

私にできるのは、水やり程度の水魔法のみ。

それでも、なにもしないで大切な仲間が傷つくのを見てはいられない。

どうにかなってほしい願いをこめて、両の手を結ぶと【開墾】スキルの一つ、水やりを発動する。

すると、どうだ。

いつもなら、ちょろちょろと水が流れる程度だったのが、勢いよく飛び出てくる。

そしてそれは、あっさりとトレちゃんを焼いていた火を消してしまったではないか。

「マーガレットくん、君は……どこまで進化するんだ」

『またしても救われたよ、マーガレット嬢』

……なに、これ。またスキルの成長？　ピンチになって、成長でもした？

リカルドさん同様に私も驚くが、すぐに我に返った。今そんな暇はない。

私はとにかくその水でもって、主な火元となっていた干し草の火を消す。また、周囲一帯に水を散布する。

畑の端まで行きわたるくらいには、勢いよく噴射できていた。

これでひとまず、燃え広がるのは抑えられそうだ。

が、らちが明かない状況は変わっていない。

オムニキジの数があまりに多すぎるのだ。統率は取れていないが、そのぶん、一匹ずつと戦っても、数が減った感がない。

なにか、なにか策はないのだろうか。

私は改めて全体を見渡し、あることに気づく。

「……カーミラさんから、オムニキジが逃げてる……？」

そう、魔法もなにもなしで、ただただ鍬を振るカーミラさんに、オムニキジは近づこうともしない。

火属性魔法を操り、明らかに彼女よりも強いリカルドさんには、攻撃を繰り出しているにもかかわらずだ。

「は！　や！　く！　どっか、いけぇ!!!!」

カーミラさんが、きんと耳に響く声をあげる。

それで、さらにオムニキジが距離をとるのを見て、私はぴんときた。

間違いない、彼らの弱点は——

「リカルドさん、音です！　耳に響くような高い音を聞かせたら、どこかに行くかも！」

「……なるほど、そういうことならやりようはありそうだよ、マーガレットくん」

リカルドさんは戦いながら、私の呼びかけにそう答えると、一度オムニキジたちを横薙《よこな》ぎで払ってから、剣をしまう。

「寄るな!!!!」

そうして限界まで甲高くしただろう声でオムニキジを払うと、屋敷へと引き下がっていった。

なにをするのか、予想はついていた。

ここは時間を稼がなければならない。

私は息を大きく吸い、

「畑を荒らさないで!!　元の住処《すみか》に帰りなさいっ!!」

喉を絞ると、無理矢理《むりやり》高い声を出しながらオムニキジを追い回す。

逃げていくと分かった以上、怖さは半減していた。

「トレちゃんたち、できるだけ高い声で歌って！」

甲高い声のまま、トレントたちへの協力もあおぐ。

そうしていると、リカルドさんがバイオリン片手に戻ってきた。

すぐに弾き始めたのは、とんでもなく高音かつ、ぐちゃぐちゃの音だ。

その不協和音は騒がしい中でも、耳の奥に直接響いてきて頭が痛くなるが、我慢しなくてはいけない。

一番音に敏感なリカルドさんが、音のもっとも近くで苦渋の顔をしながらも、弾く手を止めていないのだ。

私が弱音を吐いていられない。

実際、効果は出始めていた。

トレントたちのうめき声もあり、かなりの音量が出ている。

オムニキジは、キイ、キイ、と鳴いて慌てふためいているようだった。

烏合《うごう》の衆とはよくいったものだ。オムニキジたちに統率力はない。

続けていると、そのほとんどが散り散りに去っていく。

「あと、少しね……」

残すは数匹。

なにか決定的な一撃がないかと考えた私は、そこであることを思いつくと、森の方まで駆けていく。

そこで耳を両手で強く塞ぎながら、ある草を思いっきり踏みつけてやった。

――ラプラプ草。

いつか、石鹸《せっけん》を作ったときに見つけていた特殊な雑草だ。

地面を這《は》うように円形に広がるそのギザギザの草は、踏めば踏むだけ破裂音を響き渡らせる。

至近距離で聞けば、思った以上の音だった。

耳を塞いでいなかったら、鼓膜がどうにかなっていたかもしれない。

だがその分、しっかり効果は出ていた。

森から屋敷へと戻れば、オムニキジの姿はもうない。

リカルドさんの炎によって焼かれて倒れた数匹が、伸びているだけであった。

「……終わった、んだよね？」

苦闘の割には、あっけない終わり方だった。

私はまだ現実感がないまま、眼前の畑を見回す。

気づけば、空が白み出す時刻になっていた。荒らされた畑の全容が、はっきりと目に入ってくる。

こうして見ると、なかなか衝撃的な光景だ。昨日までは整然としていたのに、一晩でこうまで変わってしまうのだ。

でもすべてを無に帰されたわけじゃない。これならば、手入れでなんとかなる範囲だろう。

現状をそのまま受け入れるため、私がただただ見つめていたら、

「最低限の被害だね、これでも」

リカルドさんが歩み寄ってくる。

「……そうですね。土地がはげるまでは、たかられませんでした」

「強力な敵だった。君の助言がなかったら、もっと酷《ひど》いことになっていたかもしれないね。ありがとう」

そう、彼が言う通り、私たちは十分に善戦した。

それになにより、トレちゃんの軽いやけどを除いては怪我などもしていない。

それがなによりなのだけれど、そう思ってはいないらしい人も、一人。

カーミラさんはさっきから、畑の真ん中で座り込んでしまって動かない。

「君が行ってあげてくれ。僕が行くより、いいだろう」

「……はい」

私はリカルドさんに頷《うなず》き返すと、彼女のもとまで歩み寄る。

うずくまる彼女の近くまで行って聞こえるのは、啜《すす》り泣くような声だ。

出会ってから、もう二度目である。気が強い印象だけれど、涙もろくもあるらしい。

「カーミラさん」

頃合いを見て、隣に座った私はそう呼びかける。

すぐに返ってきたのは、「ごめんなさい」という、か細い声だ。

「ごめん、結局なにもしてない、あたし。ごめんなさい」

どうやら、畑が荒らされたことの責任を感じているらしかった。

けれどなにも、彼女のせいなんかじゃない。単なる自然の脅威で、それは無差別に降りかかるのだ。

「カーミラさんのおかげで、オムニキジが音に弱いと気づけたんです。なにもしてないなんてこと、ありませんよ。むしろ、殊勲賞ものです」

「でも、これまでさんざん迷惑をかけてきたのに。こんなときまで一人じゃどうしようもなくて、助けてもらって、あたしは……」

「気にしないでください。無事ならいいんですよ」

私は泣きじゃくる彼女をそう諭したのち、ぽんと一つ、その肩を叩《たた》く。

精神が不安定なときは、こうして寄り添うのがいい。

少しでも落ち着いてほしくて、そんなことをしたのだけれど、……いっそう泣き出してしまった。

「だ、大丈夫ですか！」

「あたしなんて心配される価値もない。マーガレットさんみたいな優しい人に、慰められる価値なんて、まったくないの」

「……なにを言ってるんです？　私はそこまでのことをしてませんし、カーミラさんに価値がないなんて――」

「あたしが、ステラ公爵家に言われるがままに、二人の開拓をわざと邪魔してたとしても？　同じことを言える？」

それは突然の告白であった。

急に出てきた天敵の名前に、私はたじろぐ。なんの反応もできないでいたら、彼女はつらつらと語り始める。

ベリンダ公爵令嬢にけしかけられて、わざとわがまま放題を言っていたこと。

それを、私が解決していくうちに、だんだんと申し訳なくなってきて、石鹸や美容液の件は、深く感謝していること、など。

話の順序がぐちゃぐちゃで少し分かりにくかったけれど、彼女は一生懸命にそう伝えてくる。

彼女のわがままに、私が覚えていた違和感の原因はこれらしい。

カーミラさんの中で、色々と葛藤があったのだろう。

「あたしは最悪だ、ほんと最低」

とカーミラさんは言い切る。

しかし私が抱いていたのは真逆の感想だ。

公爵家と子爵家の力関係を考えれば彼女を責めることなんてできない。一応貴族の端くれである私には、それがどれだけ強い楔《くさび》かが分かる。

むしろ、土壇場でそれに抗《あらが》ってまで畑を守ろうとしてくれた心意気が嬉しくて、胸がいっぱいになるくらいだ。

「いいえ、最悪なんかじゃありませんって。なんであれ、カーミラさんはこうして畑を守りに来てくれました。実際、おかげで被害も最小限で済んだ。それだけで、十分です。庭師として、大合格点ですよ」

「ま、マーガレット……さん」

「あらら、また涙が出てますよ……!? というか、今更『さん』付けはなんかこそばゆいです。そのままでいいですよ。素材本来の味的な、そういうやつです！」

……なんて、ちょっと冗談めかしてみても、カーミラさんの瞳から涙は滴り続ける。

いつまで経《た》っても泣《な》き止《や》む気配はなかったが、私は彼女の側《そば》に居続けた。遠くからは、リカルド

さんも見守ってくれている。

やがて朝日が昇ってきた。

そこで私は切り替えることにする。いつまでも、こうしてはいられない。

泣いてばかりいるよりは身体を動かす方が、気分も落ち着くだろう。

私は勢いよく立ち上がり、腰をかがめて、彼女に手を差し伸べた。

「さぁ、そろそろ行きましょう？　まずは野草採取からです！　さっき干し草が燃えちゃいましたから」

「……いきなり野草？　でもこの畑はどうするの」

「あー畑の件は一回対処法を考えなくちゃいけませんから、後回しでです。ほら、いきましょう？　それよりミノトーロたちに餌をあげないと大変なことになるかもしれません」

「大変な、ってたとえば？」

「チルチル草の混じった餌を食べないと、基本的にあの子たちって超獰猛《どうもう》な魔物ですからねぇ。野生を取り戻しちゃうかもしれません」

「そ、それって……」

カーミラさんの顔が、みるみる青ざめていく。

そのすぐあとで彼女は血相を変えて立ち上がり、私より先に小走りで森の方へと向かう。

「すぐに探すわ……!!　また畑が踏み荒らされたりしたら大変!!」

「あっ、待ってください！　そっちの方にはラプラプ草が――」

と、少し遅かったらしい。

森から破裂音と、カーミラさんの悲鳴が響く。

なんて騒がしい朝だろうか。でも、やり直すにはちょうどいい朝かもしれない。


オムニキジの襲撃を退けてから数日、定期船が本土から港までやってきた。

来た当初は、カーミラさんにはこのタイミングで本土へ帰ってもらう方がいいかという話もあったけれど……それは、取りやめになっていた。

カーミラさん本人の希望もあり、引き続き島に残って本格的に庭師を目指すことになったのだ。

「なにこれ、重い……!!」

そのため彼女は今も、開拓使の一員として、船からの荷下ろしを率先してやってくれている。

最近ではサボったりすることはなくなったが、逆にやる気が空回りすることが増えた。

今も、小麦粉が目いっぱいに詰まった袋を一人で持ち上げようという、無茶をしていた。

「カーミラさん、これは台車に載せて運ぶんですよ。無理して抱えたら、腰を痛めますよ。それに破れたら大変です」

私も手伝いに入り、積荷を屋敷まで運ぶ。

後は見送りだけだが、そのタイミングで私は、したためておいた一通の手紙を役人に渡した。

「これを王女様宛にお願いします」

用件は、近況報告のほかに二つ。

まずは、庭の整備に関してだ。

島とは気候が異なるとはいえ、もう五の月も暮れだ。時期的には本土も、暑くなってくる頃である。

そろそろ枝葉が好き放題に伸びているだろうから、剪定《せんてい》の目安や方法に関して、簡単なマニュアルを作成して封入していた。

そしてもう一つは、ベリンダ公爵令嬢の件に関してだ。

彼女がカーミラさんに命じて、開拓の邪魔をするよう強いていたことを告発するのである。

私にかけられた冤罪《えんざい》は無罪の証拠がなかったけれど……、今回はカーミラさんがベリンダ公爵令嬢から受け取っていた手紙があったから、それを同封させてもらった。

そこに書かれている文言は、明白なる脅しだ。

しかも、国策の邪魔をしたことにもなる。これが表に出れば、いくら公爵家といえども、黙殺はできまい。

念を押すため、私はその役人に贈り物（賄賂といった方がいいかも？）をする。

石鹸、粉にひいた各種ハーブティーなど、いわば『島の恵み詰め合わせセット』を手渡した。

「えぇっと……」

これで喜んで引き受けてくれるだろうと高をくくっていたが、反応が鈍い。

もしかして、ちょっと恩着せがましかった？　それ以前に、セレクトが女性向けすぎ？　私が一人いぶかしんでいたら、その役人は苦笑する。

「えっと今回の船旅は少し海が荒れていて、到着まで時間を要してしまいました。ですから、リカルド様にお願いして、一日泊めてもらうことになったんですよ。帰り際に受け取らせていただきますね」

なるほど、そんな事情があったとは。

でもそういうことなら、目一杯もてなしてあげられれば、より確実に手渡してもらえそうだ。

そう気合を入れていたのだけれど、蓋を開けてみれば、なにも特別なことをするまでもなかった。

「こ、こんなお料理が島で出てくるのですか!?　私はてっきり、もっと限界ギリギリの生活をしているものかと……。牛乳もお菓子もあるなんて……。王都に帰ってきたみたいだ」

「あぁ、それにさっき今日泊まる部屋に行ったんだが、ベッドもふかふかで、しかもなんか心も身体も安らぐんだよなぁ」

「あぁ、まったくだ。いつまでだって泊まっていたいくらいだよ。高級な宿泊所より、よほどいい」

晩餐《ばんさん》の席で、役人たちはたいそう満足そうに語らい合う。

そう、このエスト島での生活はカーミラさんのわがままを叶えていった結果、より快適になっていたのだ。王都でなに不自由なく暮らしているだろう役人らが感嘆しているのだから、相当なレベルになっている証《あかし》であろう。

だから、その反応は嬉しかったのだけれど、それらを凌《しの》ぐくらいニヤニヤしてしまったのは、

「こんなに甘いかぼちゃ、食べたことがない！　ほくほく崩れる具合もいいし、こんなもの、どう調理しても美味《うま》くなるだろ」

「このベーコンスープに入っているエンドウ豆もだよ、ほくほくとしていて、豆そのものの旨味が強い……」

やはりお野菜の味に関する感想だ。

畑を管理している者として、これほど嬉しいことはない。

親になったことはないけれど、感覚としてはたぶん、自分の子どもが褒められているのに近い。

どういうわけか私自身を褒めてもらえるより、幸福な気分になれるのだ。

まあもちろんリカルドさんの調理技術があったうえでの話ではあるのだけれど、ありがたいことである。一人ほくほく満足していると、その凄腕《すごうで》料理人たるリカルドさんが私の隣の席に座る。

小さく、耳打ちをしてきた。

「今なら、かぼちゃを売り込めるんじゃないかな。正直、島に残していても余らせてしまうくらいの収穫量だ。それなら今回、王都に一部を持って帰ってもらって、試しに食べてもらえばいい。そうやって、エスト島の野菜に関する信頼を作って、次は商業的に売れる土台を作るんだ。そうすれば、島自体の価値を上げられる。より開拓を推進できるかもしれない」

意外な提案であった。

リカルドさんはあまり、そういった商売っ気のある話は好まないと思っていたためだ。

「まったく、そこまで驚かなくてもいいだろう？　僕も一応、開拓使だ。一通りの内政知識はあるんだよ。好んではないけどね」

前髪をくるくると指先に巻き付けながら、彼は照れくさそうに言う。

なにその仕草可愛い、ずっと見てられる………じゃなくて！

たしかに名案である。

今の畑のすべてが機能すれば、到底自家消費じゃ追いつかないのは目に見えている。ミノトーロたちの餌に回すにしたって限度があるしね。

「……カーミラさんの【保存】スキルで魔法をかけてもらえば、少しは長持ちするようになりましたし、いいかもですね」

大助かりなスキルだ。だいたい七日間くらいは消費期限が延びた。

それを考慮すれば、たとえ王都に届けるにしても、たどり着くまでに傷む心配はない。

つまり、このお野菜を遠くの地にいる恩人で親友、ヴィオラ王女に食べてもらうことだってできるのだ。

手紙に近況は記したけれど、形あるものとして、今の活動を知ってもらえる機会にもなる。

いいことずくめだ。

「あぁ、それに今回のものはあくまでお試しだ。気に入った商人や貴族がいれば、より高く買い取ってくれることにもなるかもしれない。どうだろう？」

私はリカルドさんの提案に、こくりと首を縦に振り、話に乗る。

そうと決まれば、善は急げだ。

お酒が進んでしまう前であり、かつ野菜に舌鼓を打っているまさに今が一番いい。

「そのかぼちゃやエンドウ豆なら、少し多く採れてしまって余っているんです。よろしければ、王都まで持って帰ってはもらえないでしょうか」

リカルドさんがいかにも、ただ困っているかのように眉を下げて言う。

荷物が増えるわけだし、少しは悩むかと思ったのだけれど――

「本当ですか！　ぜひともお願いいたします！　この感動を王都の人にまで伝えられるなんて、嬉しい限りです」

「これを渡せば、俺たちの評価も上がりそうだ……って、あはは。本音が漏れちゃいました」

即答で、いい返事がもらえてしまった。

打算を含めて、よっぽど気に入ってくれたらしい。

その後は酒も入って、賑《にぎ》やかな夜が過ぎていく。

翌朝になって、島を去る最後の最後まで、役人たちは名残惜しそうにしていた。

「きっと、この手紙とお野菜は王女様に届けます！　お世話になりました」

そう恭しく頭を下げてから、船へと乗り込んでいく。

そうして見送りを終え、屋敷へと引き返そうとしたところ、

「マーガレット」

カーミラさんが私を呼び止めた。

リカルドさんやその部下の方々は、少し先を歩いており、すでに海のすぐ近くにある林の中だ。

マウロさんはそもそも「仕事が優先だ」と見送りに来ていなかったから、二人きりであった。

「どうしたんです？　まさか、本当は本土に帰りたくなったとか？」

私は少し軽口を叩いてみる。

さんざん色々あった結果、少しは打ち解けられたのだ。

これくらいの冗談なら許されるはずだと思っていたら、その予想通り、彼女はふっと笑ってくれる。

「真逆よ、真逆。ここに残れてよかった。だから……えっと」

どういうわけか、少し言葉に詰まっていた。

私が首を傾《かし》げていると、それは早口で告げられた。

「ありがとう、本当に。あの手紙での密告がどんな結果になるかは分からないけど、前までのあたしなら、そもそもベリンダ様に歯向かうなんて決断、絶対にできなかったと思う。おかげで今はとてもすっきりしてる。自分のしたいことをするんだ、って思えてる。だから、感謝してる。ありがとう。それと、庭作業も楽しくなってきたし、これからも教えてほしい」

カーミラさんは、頰《ほお》を赤くして目を背けていた。

腰の横では拳を握りしめているから、照れ臭いのに堪えているのが丸分かりだ。

これは驚きというかなんというか。

「……カーミラさん、なんか可愛いですね」

どちらかといえば、この感想が正しい。

懸命に伝えてくれている感全開なあたりが、とくに。

「な、なにを言ってるのよ!!」

「あ、そういう趣味ってわけじゃないんで安心してください。ただ単純にそう思っただけですよ」

「それは、嬉しいけど……って、そうじゃなくて、一応頑張って感謝を伝えたんだけど!? 可愛いで済ませないでくれる？ というか、仕事は教えてくれるの？」

「もちろんですってば。今日からみっちり集中的に行きましょう！」

「お、お手柔らかに頼むわね……」

カーミラさんが少し怯《おび》え気味《ぎみ》に言うから、私はにっこり笑顔を返す。それを曲解されたらしかった。

「こわっ！ 水汲《みずく》みとか荷物持ちだけさせるつもりでしょ」

「ちょっと、どんなイメージなんですか、それ！ 真逆ですよ。土と植物の相性について、ちょっとばかり座学でもしてもらおうかと思ってます」

「うわ、それはそれできつそう……」

さーて、今日も仕事、仕事！

三章

chapter 03

一話　離島より

ところかわって、王都。

マーガレットの作った野菜たちは、手紙とともに王都まで、無事に届けられていた。

「これをマーガレットが……。さすがね」

ヴィオラ王女は、役人らの到着から何日か遅れて、それらを受け取ると、思わず笑いをこぼす。

実はここ数日、公務のために遠出をしていたのだ。

そうして戻ってきたら、なにやら王城の内側が騒がしい。

聞けば、エスト島産の野菜類が届けられ、その出来のよさに貴族らは魅了されているとのことだった。

一部の者たちはもう、次の買い付けのために、奔走しているらしい。

(……私にも送ってくれてたりしないかしら)

なんて、ヴィオラ王女が淡い期待をもって、奥屋敷へと帰れば、それは本当に届けられていた。

そんな親友・マーガレットの心意気だけで、すでに心は満たされかけていたが、まだ早い。

ちょうど昼時であった。

「できるだけシンプルな調理をしてくれる？」

さっそく料理番にこう命じて、食堂で待つ間に手紙を開く。

そこに書かれていたのは、公爵令嬢・ベリンダの悪行だ。

そもそも身勝手な振る舞いばかりするから困っていたが、ここまでくると目に余る。

王家の親族としての自覚に欠けていると言わざるを得ない。これ以上勝手を許すと、王家の品位まで落ちてしまう。

(証拠品もあったから、やりようによっては、罪に問うこともできるかもしれない)

とはいえ、相手は一大派閥を持つ公爵家の令嬢。

簡単にはいかないだろう。

ため息をついたところで、もう料理が運ばれてきた。

何度か読み返したうえで、考えを巡らせていたら、いつの間にか時間が過ぎていたらしい。

一旦切り替えて、食事を取ることにする。

「シンプルに、とのことでしたので、カボチャはひとまず調味料を入れずに水煮にしました。それからエンドウ豆は米と煎り塩と炊き込みましたが……本当にこんな調理でいいのですか」

「えぇ、そうお願いしたのですよ」

親友が、マーガレットが作った野菜だ。

それを思えば、ただそれだけで美味《おい》しいのは間違いなかった。

が、まずカボチャを一口食べてみると、さっそく想像していた味を超えてきたから驚く。

本当に調味料を使っていないのかと疑いたくなるほど、甘みが強く、しかもこっくりと濃厚だ。

そして、エンドウ豆の方も、食べごたえのあるホクホク感で、少し柔らかめに炊かれたお米との相性がとてもいい。

ヴィオラ王女はそれらをしっかり味わう。

「もう一度同じものをもらえる？」

「し、しかし、最近はあまり食べられないようになっていたんじゃ」

「これは喉を通るみたい。とにかくお願いしていいかしら？」

「は、はい……！　すぐに！」

そう口にしたのは、思わずのことであった。

最近は疲労などから食欲がなかったのに、どういうわけか、するすると食べられた。

なんとなしに元気も湧いてくる。

マーガレットから直接励まされたみたいな、そんな感覚だ。

さっきまでは少し重たい気持ちだったのが、もう上向いていた。

「よし、マーガレットが頑張っているのなら、私も国のため人のため、できることをしなきゃね」

使用人たちが出ていき、一人となった部屋で、ヴィオラ王女は拳を握りしめて意気込む。

しっかりおかわりを平らげ英気を養った彼女はこうして、今日も意欲的に公務へ臨んでいくのであった。

三章　二話　寡黙な彼

chapter 03

オムニキジによって荒らされた畑の回復にあたり、私たちがまず取り組むことにしたのは防御策の強化であった。

今まではトレントたちに囲んでもらっているだけで、十分すぎるくらい安全だと考えていたけれど、今回の一件で、彼らにだって苦手な敵がいることは判明した。

そこで、その弱点をカバーするために設置することとなったのが煉瓦《れんが》による魔法壁だ。

「ぴったりですよね、魔法壁！　単純に視界を遮る役割も果たしてくれますし、煉瓦の一部に魔石・スファレ輝石を埋めることで魔素の流れを乱して、魔物による感知を乱すこともできる。そのうえ、海風よけにもなるんですから」

その材料集めへと出発する直前。

整地が終わった畑の前を牛舎の方へと歩きながら、私はリカルドさんに話しかける。

今日も今日とて、彼の見目は麗しかった。

出会った頃より、少し伸びた銀色の髪は朝日を弾《はじ》き返して、きらきらと輝く。それが首筋に一束だけ垂れているのが、また彼を色っぽく見せていた。

彼はそれを紐《ひも》で束ねながら、柔和な声で返事をしてくれる。

「うん。本土の都市でも使われている防御手段だからね。とくに、今回のオムニキジみたいな魔力に敏感な魔物には効果的だよ。うちの畑は魔素を多く含んだ土を使っているから、ただでさえ魔物を引き寄せやすい。そういう意味ではたしかに最適だ」

「こんなことなら、もっと前から作っておけばよかったかもしれませんね」

「いや、今回の件がなければ、そもそも思い至らなかったよ。数か月前までは、作物なんて育てようのない土地だったんだからね。それに、壁を作るなんて、材料確保も容易じゃない」

それはたしかに……と納得しかけて、一つの疑問が浮かぶ。

「あれ。じゃあこの屋敷はどうやって建てたんでしょうね。これも土をかなり使ってますよね」

「噂《うわさ》によれば、エスト島への進出の足掛かりにするため、本土から何度も船を往復させて材料を運び込んだそうだよ。結局かなりの経費がかかったのに、開発不能だと断じられて、計画は中止。島流しの流刑地になった。無意味なことをさせて、苦しみを与える狙いもあるとか聞いたことがあるな」

つまり、いくら開発の兆しが見えてきているとはいえ、かつての失敗を考えれば本土からの大きな支援は望み薄だ。

ならばやはり、島にあるものから作り出すほかない。

そうして牛舎に着いたところで、リカルドさんが首を傾《かし》げた。

「ところで、話しながらだったからなにも言わなかったけど、なんで牛舎に来たんだい？　森に材料探しに行くんじゃないのかい？」

「そういえば、言ってませんでしたっけ。今回は、この子たちの協力が必須なんです」

「魔法壁の材料のために？　てっきり煉瓦の材料か、スファレ輝石探しに出かけるのかと思ってたんだけど」

「その通りですよ。煉瓦を硬くするための材料が必要なんですよ、たしか。マウロさんが言ってました」

「……それは記憶しているが。ミノトーロは関係あるのか？」

いぶかしむリカルドさんをよそに、私は魔牛・ミノトーロたちを囲っていた柵の鍵を躊躇《ちゅうちょ》なく外す。

彼らはチルチル草の影響もあってか、まったくと言っていいくらい野生を失っていた。

いつでも逃げられる状況だというのに、一歩も動こうとしない。

三匹ともに、その場で気持ちよさげに身体《からだ》を丸めている。

「このままじゃ、どうしようもないですね。出てくれません、愛着を感じすぎてるのかも」

「はは、まったくだ。でも、それならいい手があるよ」

そう言うとリカルドさんは、干し草の束を手にする。それをミノトーロの前で、これみよがしに振った。

「もっとこっちに来るといいよ、君たち」

要するに、餌で釣る作戦だ。

それに対してミノトーロたちは、ぴくりと反応する。一応、柵の外へと出ようと動き出すのだが、その動きもまた、ゆっくりだった。のそのそと一歩一歩、近づいていく。

「頑張って、みんな……！」

思わず応援したくなる光景であった。

そんな私の声が届いたのか、彼らは無事に餌にありつく。一心不乱に咀嚼《そしゃく》しているところで、私はトレントたちに声をかけた。

背後からミノトーロらを抱え上げてもらう。

「ミノトーロを連れていくんだね？」

「はい。ここまできたら、理由は着いてからのお楽しみです」

さて、これでやっと出発の準備は整った。

前にミノトーロのフンを探して森の探索を行ったとき同様、もっともサイズが小さく、若いトレント・ミニちゃんに、私たちは乗せてもらう。

こうして、ミノトーロ三匹、トレント三体を連れて森へと繰り出した。

『欲しいのは、大きな白い石だよね？　それなら、おれがいい場所を知ってる。今回はミノトーロ探しと違って、動かないものだから安心してよ』

とは、ミニちゃんの言葉だ。

揺れもほとんどなく、やっぱり快適だ。

初夏のほどよい木漏れ日、爽やかに吹き渡る風を気持ちよく浴びていたら、たどり着いたところにあったのは、全体的に白っぽい色味をした大きな岩だ。

『これのことでいいかな。目当てのものだった？』

「うん、まさしくこれ！　石英岩！　ありがと、ミニちゃん」

『これくらい気にしないでよ。なんてことないさ』

岩や石も、庭師にとってはなじみの深い存在だ。

この石英岩はそれこそ、庭に敷き詰めて道を作るときに重宝した。

普遍的に採れるものでありながら、白色の持つ高貴なイメージをうまく表現できるからだ。

そのほか、庭によく使うものならばすぐに判断できる。スキルがなくとも分かる範囲のものであったが、ふと気になったのは、スキルの進化具合だ。

植物の特徴が文字として目に見えて分かるようになったのなら、岩や土ももっと詳しく見られるようになっていたりして――

そう思って身体の中で練った魔力を目へと送ってみると、どうだ。

『石英岩……白っぽい色味をした火成岩。ガラスやレンガの原料などに使用されることもあり、その有用性は幅広い』

……本当に見えてしまった。それもこれまでとは違い、勝手に発動するのではなく、自分の意志で発動できた。

しかも、見えている情報はかなり有用だ。その中には、火成岩であることなど、知らなかった情報もある。

これは、またできることが増えた……？　いや、植物だけじゃなく土や岩の特徴も見られるようになったと考えれば、幅が広がったと考えるべき？

私が一人、考え込んでいたら、

「マーガレットくん、どうするんだい？」

リカルドさんの声ではっとした。

「あ、えっと、すいません。ミニちゃん、ミノトーロたちを下ろしてもらってもいい？」

私がミニちゃんにこう頼んだところで、リカルドさんはやっと、なにをするのか気づいたらしい。

「……もしかして」

その頬《ほお》がぴくぴくと、少し引きつっていた。

その間に、ミニちゃんはミノトーロをすでに下ろしている。

「だ、大丈夫なのかい？」

「はい、きっと！　ここまでやってきて、もうやめられませんし」

私は、まっすぐに伸びる草で編まれた的を、その白い大岩の中心部分に巻きつける。

これは昨日、カーミラさんに頼んで作ってもらったものだ。数日かかるかと思っていたのだけれど、さすがの器用さであっという間に仕上げてくれた。

森への同行は、「怖い、無理」と断られたけれど、これを作ってくれただけで大仕事だ。

それに、今は彼女がかわりに庭を見てくれているから、安心して遠出もできていた。

そうして準備を済ませた後、私とリカルドさんは再度トレントに乗る。

そうして少しミノトーロたちから離れると、あたりの草を食《は》もうとしていた彼らの前に、とある実をいくつか転がしてやった。

それを彼らが口にした途端、どうだ。

モォ、モォ、とどんどんと鳴き声の音量が上がっていく。

これまで、すぐに地面に座り込んでいた彼らが白い岩に向かって、猛然と突進を始めた。

「……ミノトーロたちに岩を砕かせるなんて、君以外に考えつかないだろうね。なにをあげたんだい？」

「チルチル草とは真逆の性質を持つ、エナベリーですよ。落葉樹の赤い実で、酸っぱいんですけど、嚙《か》むと一気に力がみなぎってくるんですって！　前に収穫していたんです」

「それで、本来の気性の荒さを取り戻したわけか。それにしても効きがよすぎるな」

「そうですね……。うまく使うには調整が必要かもです」

なかなか、壮絶な光景であった。

自傷行為に走っているようにさえ見えるが、違う。もともと彼らはこうして対象物に突進して、自らの角を研ぐ性質があるのだ。

ちなみに目の前に的を設置したから、安全性は保たれている。

ミノトーロたちはこちらに目もくれず、一心不乱に的をめがけて、走り込むことを繰り返していた。

三匹分集まれば、周りの大地を揺るがすほどの衝撃が生まれる。

おかげで岩の方も順調に砕けてくれていた。

そろそろ的の耐久性が怪しくなってきたところで、私はチルチル団子を投げる。一度注意が向くと、今度はそちらに懸命になるのも彼らの特徴だ。

もしゃもしゃとすごい勢いで団子を食べたミノトーロたちは、いつものまったりした姿へと戻っていったのであった。

それをしっかり確認してから、一仕事してくれた彼らを撫《な》でたのち、リカルドさんとともに砕けた岩石の回収を行う。

うん、これだけあれば十分すぎる量のはずだ。

無事に石英の欠片《かけら》を回収して、屋敷まで戻る。

スファレ輝石は今回の探索では見つけられなかったけれど、それはまだ先でもいい。一部の煉瓦に埋められればそれで十分なのだ。

つまりきっちりと成果をあげたわけなので気分よく帰ってきたのだけれど、畑ではなぜか剣呑《けんのん》な雰囲気が流れていた。

「あなたねぇ、自分だけがよければそれでいいわけ？」

「……そうじゃないですが」

「そうなら、なんで手も貸してくれないの」

「……俺の仕事じゃないからです」

カーミラさんと、マウロさんがなにやら言い争いをしているのだ。

というより、カーミラさんが一方的にヒートアップしている、と言った方が正しいかもしれない。

「まぁ、水と油の関係であることは分かってたけどどね」

「そうですね……って、リカルドさん！　見物している場合じゃないですよ。とりあえず、止めましょう？」

とにかく、と私は二人の間に割って入る。

とくに気が高ぶっている様子のカーミラさんをなだめたのち、互いの言い分を聞いてみれば、

「畑に大蛇が出たの。だから、それを払ってくれるようにマウロにお願いしたら断られたの。普通にありえなくない？」

カーミラさんはこう訴えて、

「……ですが、蛇は俺の管轄外。俺には建築しかできません」

それをマウロさんがあっさりと否定する。

二人の意見は、真っ向から食い違っていた。まるで矛と盾だ。

しかも、どちらも自分の主張を曲げる気はなさそうときている。

たしかにこれでは、話が平行線をたどるわけだ。

どうしたものだろう。

一見すると、マウロさんが薄情にも思えるけれど、たしかに間違ったことを言っているわけではないし……と私が思っていたら、

「まぁ、二人とも。とりあえず落ち着くといいよ。あまりカリカリしてもよくない。帰ってミルクティーでも飲むかい？　少し疲れただろうしね」

そこへ、リカルドさんが微笑しながら人差し指を立てて提案する。

基本的に争いを好まない彼らしい、平和的な解決法だ。

たしかにどちらが間違っているとも断じきれないから今回はそれが最適かもしれない。

「……………飲ませてもらいます」

この場ではもっとも地位が高い、リカルドさんが言ったこともあろう。

カーミラさんは渋々といった様子ながら引き下がるのだけれど、

「いや、俺は遠慮しておきます。時間がとられて、仕事が進んでいませんので」

マウロさんの方はといえば、きっぱり真顔でこう残して牛舎の方へと行ってしまった。

たしかにオンボロ牛舎の補強を彼には頼んでいたが、そんなに急ぐような話でもない。

私たち三人は唖然《あぜん》とするのだが、そんなことはお構いなしだった。

さすがにとげのある発言だった。

カーミラさんは、拳を握って腕を震わせる。

「ちょ、やめておきましょう、カーミラさん！」

「今の言い方、あいつ飄々《ひょうひょう》としてるけど、絶対根に持ってるでしょ！」

私がそれを制止していると、マウロさんの歩みが止まった。

まさかなにか言い返してくるのだろうかと思えば、違った。方向を変えて向かったのは、私たちが取ってきたばかりの石英岩を砕いて細かくした石のもとだ。

袋を開けて、塊を取り出すと、まじまじと眺め始める。

その行動にあっけに取られたのか、

「なんなの、ほんと……」

カーミラさんは少し落ち着いてくれたようだった。

そこで、私はリカルドさんにアイコンタクトを送る。正しく意図が伝わったようで、一つ頷《うなず》いた彼はカーミラさんを連れて、屋敷へと戻っていってくれた。

私はその間に、マウロさんの隣まで行く。

「その石英がどうかしましたか」

と話しかけた。

そもそもは強固な煉瓦づくりに、石英が必要だと教えてくれたのは彼だ。

もしかすると、なにか違う種類のものだったろうかと思ったのだが、

「いい石だなと思っただけでございます。綺麗《きれい》な白色をしていて、石英としてかなり質がいい。これなら、いい煉瓦が作れるかもしれません」

むしろ逆だったらしい。

「たしかに、綺麗な色ですよね。トレントたちに案内してもらって、森の中で見つけたんです」

「森で、でございますか。となると、やはりこの島の一部には火山があることは間違いない。つまり、スファレ輝石も必ずどこかにある。あれは火砕流が水で冷やし固められてできるもの。このあたりに川があればその近くか……？」

会話をしていたはず————なのだけれど。

それが途中でいつの間にか打ち切られており、マウロさんは一人、顎に手をやると思考に耽《ふけ》って

いく。綺麗に揃《そろ》えられた眉を難しそうに寄せて、目を強く瞑《つぶ》っていた。

どうやら彼は建築関係のこととなると、周りが見えなくなるらしい。

まぁそれ自体、気持ちはよく分かる。私だって集中して庭いじりをしているとき、たまにこうなることがあるしね。

さっきみたいな突き放す言動はともかく、私が寛容な気持ちでそれを見ていたら、

「ま、マーガレット!! 真後ろにさっきの蛇がいるわよ!!」

カーミラさんの悲鳴にも似た声が後ろから飛んできて、それを遮った。

言われて振り見る。

するとそこには、丸々と太った大きな黒蛇がにゅるにゅると地面を這《は》っていた。

大きく開けた口で、むき出しになった鋭い牙からは、毒液が滴る。

「さっきの蛇よ! 逃げてきて、マウロに助けを求めたらそのまま口論になったから放置したままだったの」

どうやらカーミラさんはそれを思い出して、リカルドさんともども戻ってきてくれたらしい。

「マーガレットくん、マウロくん、離れるんだ。下手《へた》に触らなければ、なにもされない」

「とにかく逃げた方がいいわ! ゆっくりこっちへ来て、あとそいつは絶対連れてこないで」

二人ともが、必死に呼びかけてくれる。

……………けどまぁ、怖がるような相手でもないのよねぇ、蛇くらい。

裏手に山がそびえる王城で勤務していたのだ。裏手の庭では、もう何度遭遇したか知れない。

最初こそ怖かったが、今やその辺の虫と一緒だ。

私は、すぐ近場に落ちていた木の枝（たぶん、トレントたちの手入れをした際に落ちたものだろう）を拾って、蛇の方へと向かう。

くるくると枝を回して、その身体を巻き付かせた。

それから小走りで森の手前まで行って、ぽいっと枝ごと放り投げる。

戻ってくると、マウロさんを含めて三人全員がなぜかきょとんとしていた。

「えっと、どうかしました？」

「…………ほんと無敵ね、マーガレットは」

「はは。まぁ君らしいけど、またずいぶんと豪胆だね」


煉瓦による壁づくりは、さまざまな工程から成り立つ。

粘土質の土と、砕いた石英・長石などを固め、天日干しにかけるなど、いくつかの加工を施して煉瓦を作ったら、それを石灰で固めながら積み上げていく。

だいたいそんな流れであることはマウロさんから聞かされていたのだけれど、私たちが作業において、なにか手を貸すことは一度もなかった。

「これは専門的な知識が必要ですので」

と、一切関わらせてくれないのだ。

たしかに、分からない部分も多いけれど、少なくとも煉瓦を積むことくらいは手伝える範囲の話だ。

が、それさえも彼は一人で行うと言って聞かない。

「……全然進まないわね」

カーミラさんが庭作業の合間に言う通り、進みが悪かった。

計画開始から二週間ほどが過ぎていたが、まだほんの一区画分に煉瓦が積み置かれているだけであった。

たしかにこれでは、いつになったら完成するのやらという状態である。

このままでは、そのうちにまた魔物の襲撃を受けないとも限らない。

そこで、一つ閃《ひらめ》いた。なにも防御方法を魔法壁だけに頼る必要はないのだ。

「カーミラさん、畑の両脇に砂利道を作りませんか？　歩道として使う部分の脇に、砂利を敷くんです」

「砂利道？　そんなの作ってどうなるの」

「人間なら、どこが歩道なのか分かりますけど、トレちゃんたちみたいな賢い種を除けば、魔物たちにその違いは分からないはず。砂利道も歩道も、彼らにとっては同じ道です。だったら、砂利道にだけなにか罠《わな》を仕掛けておけば――」

「魔物だけがその罠に引っかかる、ってことね。いいかもしれないわね、それ」

うん、理解が早くて本当に助かる。

私たちはさっそく方向性を決めて、リカルドさんにも了承を得たうえで作業に取り掛かる。

まず必要な作業はといえば、除草、つまりは草むしりだ。

カーミラさんやリカルドさんの部下の方々が、海辺から砂利や、小石、貝殻の採取をしてくれている間に、私は伸び始めていた雑草を次々とむしっていった。

やはり生命力の塊だ。一度抜いたくらいでは、残っていた種などからまた生えてくるから、定期的に対処をせねばならない。

……これがまた、かなり楽しかった。

一心不乱に作業をして、畑の周囲の草を抜いて回っているうち、すでに日が暮れていた。

「そうしてしゃがんでいる君を見ると、来たばかりの頃を思い出すよ。それにしても、よく働くね」

なんてリカルドさんに苦笑されてしまう。

これじゃあ、マウロさんのことをどうこう言えない。やはり、やりたいことをしているときというのは、多少なりとも周りが見えなくなるものなのだ。

それに、まだリカルドさんには言えないけれど、他にも元気な理由はある。

まだ体力が残っていると判断した私は、作業を続ける。

そして、すべての草をその日中に抜ききったのであった。


さて、翌日。

準備を整えた私が翌日以降に取り掛かったのは、縁取りである。

砂利を敷いた状態で高さが同じになるよう、歩道となる部分の両サイドを少し掘り返していくのである。

『わたしたちに任せておくがいい。移動して、新しい場所に根を埋められるのがトレントだ』

ここは、トレちゃんたちにお願いして手を抜かせてもらった。

「さすがね、トレちゃん。やっぱり頼りになる！」

『毎朝の体操のおかげで、身体のなまりが解消されたおかげだ、マーガレット嬢。感謝はこちらが述べたい』

彼らは、その逞《たくま》しい根により土を掘り返してくれる。伸ばそうと思ったら自在に掘ることができるらしい。

『おれは、もっと深く掘れるよ！』

『なにを言う、それならわたしならもっと』

と、謎の張り合いが始まったときはどうなることかと思ったが、結果的には最初にお願いした程度の深さだけ掘り進めてくれる。その際、脇によけていた土をスコップで叩《たた》いて固めれば、あっという間に道の原型が完成だ。

王城の庭で砂利道を作ったときは、数人程度でこの作業をやったから、山ほど時間がかかったっけ。

それを思えば、時短効果はかなりのものだった。

あとは、脇道に砂利を敷き詰めれば、とりあえずの基礎は完成だ。

煉瓦や自然石をうまく使ったりすれば、見た目にこだわることもできる。

そしてその点においては私もカーミラさんも、かなりのこだわりがあった。

「道の脇は大きな石で固めて、そこを区切りに砂利道と歩道に分けましょうか！　それで砂利道の上には、コスモスみたいなお花を植えて、楽しめるようにするのはどうでしょう」

「それ、すごくいいわ、マーガレット。あ、じゃあ木製の柵があるともっとよさそうね。デザインはあたしに任せて」

「たしかにおしゃれですね、それ！　あと歩道に薄く切った木を埋めるのもいいですよ。小径《こみち》って感じの仕上がりになります」

どうせ作るなら、実用性だけではなく見た目にもこだわりたい。

元王宮庭師としては腕の見せ所だ。そして小物づくりが趣味で、おしゃれ好きなカーミラさんにとっても、譲れない点であるらしい。

私たちは相談を重ね、庭作業の合間には砂利に使う小石や、砂利道と歩道とを区切るための大きな石などを拾いにでかける。

落木を拾ったりもしたのだが、そこでは私の植物の状態を確認するスキルと、カーミラさんの【保存】スキルが生きた。

腐りにくく、ほどよい大きさの木を拾ってきて、簡単に加工をしてもらう。

——そうして一週間もしないうちに、砂利道はある程度の原型が出来上がっていた。

「……こんなに早く道ができるなんてね。見た目もずいぶんと華やかになったね」

リカルドさんも驚くほどの出来映えだ。

作った私自身、結構いい雰囲気が出ているのではなかろうかと思う。

これぞ、海の町にある庭園といった雰囲気だ。

花々を植えるのはまだこれからだけれど、現時点でもう開放的で、つい深呼吸をしたくなるような空間に仕上がっている。

「ここで、バイオリンを弾くのなら、より気持ちがいいかもしれないね」

そこへリカルドさんが魅せられたように近づいていき……

「り、リカルドさん！　そこは……！　耳を塞いでください、早く！」

「え？」

そして、砂利道へと足を踏み入れてしまった。

彼がわけも分からず両手で耳を押さえた少しののち、パンッ!!!!　と強く大きな音が鳴り渡る。

これこそが、本来の目的である防御用の『罠』だった。

普段使っていて私たちが踏み入れないと想定している砂利道には、例のラプラプ草を抜いて編み、カーミラさんに【保存】スキルをかけてもらった網状の罠を下に敷いたのだ。

これで踏み入れたら、破裂音が鳴る仕組みになっていた。

今回はその罠が作動してしまったことになる。

「…………あ、危なかったよ。耳を塞いでなかったらと思うと恐ろしいな」

リカルドさんは胸に手を当てたまま、数歩後退していく。

そこで、大きく深呼吸をしていた。耳が敏感な彼には、強すぎる刺激だったかもしれない。

なにせ、それまではまったく素知らぬ様子で作業をしていたマウロさんまで、こちらを覗《のぞ》きに来るほどの衝撃音だ。

「すいません。完成したときには、ここも大きな石で区切って、境目を設ける予定です。簡単には踏み入れられないようにしますから安心してください」

「……そうか、うん、ぜひともお願いするよ」

リカルドさんからは、かなりの真剣さでもって、こうお願いされたのであった。

三章　三話　行方不明の彼

chapter 03

それから数日は、畑作業と並行して、砂利道の整備をする日々が続いた。

毎日同じようなことの繰り返しとはいえ、充実感は変わらない。その日は、収穫を完全に終えたかぼちゃ畑から茎や葉を処分しようとしていた。

「収穫を終えたあとの野菜はしっかりと処分してあげないと、害虫被害だったり、土の栄養が偏ったり、いろんな問題が起きます。なので今日は、すべて刈り取って、燃やしちゃいましょう」

と、私は畑を歩きながらカーミラさんに説明する。

「あと、燃やすときは土も一緒に――」

さらにこう続けようとするのだけれど、そこでカーミラさんが畑の奥、作りかけの魔法壁の方へと目をやっていることに気がついた。

ただのよそ見という感じでもない。

「あぁ、ごめん、続けて？」

彼女は私が言葉を止めると、こちらを振り向いて言う。なんの気なさそうにしていたけれど、このままでは、私の方が気になって先に進めない。

「カーミラさん、どうかしました？　森の方になにか？」

「そこじゃないわ。単に今日マウロの姿を見ていない気がして」

「言われてみれば、たしかにそうかもですね」

そういえば朝食の席にも、今日は来なかったっけ。が、そんなことは別に珍しいことじゃない。彼は、やると決められた仕事は忠実すぎるくらい淡々とこなすが、基本的に人付き合いなどは最低限しかしない。

基本的には一人を好んでおり、最近では朝食も別で済ませることが多かった。正面から顔を合わせるのは、夕食のときくらいだろうか。

そのときでさえ、一人真っ先に食べ終えて部屋へと戻ってしまうから、ろくに会話を交わしていない。

ただ、いつもならこの午前中の時間は、魔法壁づくりのため、煉瓦《れんが》の積み上げ作業に没頭していたはずだ。

畑作業をしながらいつも、その影は目の端にちらついていた、たぶんきっとおそらく。

自信がないのは、マウロさんの行動がほとんど一人によるものばかりだからだ。

どこでなにをしているのかまでは正直、細かく把握してないのよね……。

「どこかに、荷物を取りに行ったりしてるだけかもしれないわね。ごめん、ちょっと気になっただけだから」

カーミラさんは、とくに大事とは捉えていないようだった。

あっさりと切り替えて、腰巻に差していたメモとペンを手に取る。

が、私の方はといえば、なんとなく落ち着かなかった。一度気になったら、確かめてみなければ落ち着かない質《たち》なのだ。

「やっぱり、一応確かめてみましょう？」

「心配性ね、マーガレットは。あいつならどこかで仕事してるだけでしょ。あたしたちの声が煩わしかったんじゃないの」

「それ、容易に想像がつきすぎますね……」

ただ念には念を、だ。

「一応、探してみません？　今度、デザートが出たらカーミラさんにあげますから」

「……マーガレットじゃないんだし、釣られないわよ、そんなんじゃ。でもまぁ、息抜きにはいいかもね」

渋々といった様子ながら首を縦に振ってくれたカーミラさんを伴い、私は屋敷の敷地内を探して回ることにする。

が、その姿はどこにも見当たらない。

牛舎にも裏手の井戸にもいないし、リカルドさんの部下の方々が小舟の補強をしてくれていた岸辺にもいない。

屋敷内にいたリカルドさんに尋ねてみても、

「いいや、僕も見ていないな。朝ご飯も用意しておいたんだが、食べていないようだ」

とのこと。

いよいよ、不安が的中しようとしているらしかった。

「彼が行くような場所か……うーん、なにか必要な建材があるとすれば、森に行ったのかな」

とは、リカルドさん。

あまり考えたいことではなかったが、たしかにありそうな話ではある。

マウロさんが、建築のこととなると一心不乱に一つの物事しかできなくなるのは、少ないやり取りの中でも理解はしていた。危険をかえりみずに、一人で行ってしまった可能性もある。

となれば、聞き込み先は一つだ。

リカルドさんも加わって、三人で向かったのは、トレちゃんたちのもとだ。

「マウロさん、どこに行ったか知ってる？　森に入ったところとか見たりしてないかな？」

と、こう聞けば彼らは口々に言う。

『知らないよ。そういえば今日、姿を見ていないような気もするな。少なくとも今は、目の届く範囲にはいないよ』

『いいや、待つんだ諸君。わたしたちが朝起きるより早くにここを出発している可能性もある。最近はマーガレット嬢との体操を合図に起きていたからなぁ』

『おれは、日の出を見届けるまでなら起きてたけどねー。今日は綺麗《きれい》な星空だったから、明け方まで物思いに耽《ふけ》っていたんだ』

『おいおい強がるなよ、お前、わしより早くに寝ていたぞ、間違いない。ちなみにわしは、まだ空が暗いうちに寝たなぁ』

なんか推論テストみたいになってる!?　嘘《うそ》が混じっているあたりなんかとくにそっくりだ。

これじゃあまるで王城の役人が受けるという入職試験である。

ちゃんと考えたら難しい問題なのかもしれないけれど、まぁ要するに、まとめるならばこうだ。

「とにかく、今この辺にはいないみたいです。なので山に行ったとしたなら、日の出すぐくらいの朝方ってことになりますね」

私が言うのに、リカルドさんがため息をついて頭を抱える。

「だとしたら、もう数刻は経過しているぞ……。しかもトレントたちが認識できないような距離って結構に離れている可能性があるよね」

「はい……。捜索しなきゃいけない範囲は結構広いかと思います」

でも、こうなったらやらないわけにはいかない。

森は豊かな自然にも恵まれているが、魔物も出るし、単純に自然そのものの脅威もあるのだ。いくら危険に晒《さら》されているのが可能性の話とはいえ、それを無視することはできない。

すぐにでも出発したいところだったが、そこでカーミラさんが手を上げる。

「あー、じゃああたしここに残る。まぁあたしが探しに行っても、あいつも癪《しゃく》に障るだろうし、畑作業もある。それに、屋敷にリカルド様の部下たちだけってわけにはいかないでしょう」

冷静な意見であった。

蛇の一件もあったから、単にマウロさんに対して恨みつらみがあって協力したくないだけの可能性もあるけれど、この場合においてはお留守番も大事だ。

先にマウロさんが帰ってきて、私たちがいつまでも探し続ける羽目になるのは避けたいしね。

こうして私とリカルドさんの二人が捜索隊となることが決まる。

準備を整えたら、トレントたちに乗って、すぐに森へと出発することになった。

いかに朝早くに出ていたとしても、所詮は人間の足だ。

驚くほど遠くまでは行けないと踏んで、屋敷の前を出発した私たちであったが、マウロさんの姿はなかなか見つからなかった。

足跡などがないか注意深く見てみたりもしたが、出てくるのは獣の足跡ばかり。

靴らしき跡は見当たらない。

そこで私とリカルドさんは、少しだけ別行動をとることにした。少しでも早く、なにかの手掛かりを摑《つか》むためだ。

それを見越して、今日はミニちゃんだけではなく、もう一体、別のトレントにも来てもらっていた。

「マウロさん～！　いませんか～」

そのため私はミニちゃんとともに一人と一体で、森の中を探して回る。

しかし、ちょっと声をかけたくらいで、すぐに出てきてくれれば苦労はしない。

彼の場合、作業に没頭していて聞こえていない可能性もあるからなおさらだ。

もしかしたら、途中でなにか落とし物などの痕跡を残しているかもしれない。

声掛けだけではなく、森の景色にもよくよく目を凝らしていたら、そこで違和感を覚えた。

「あれ、ここさっきと同じ場所じゃないかな、ミニちゃん」

確証はないけれど、そんな気がする。

まったく同じきのこに、まったく同じ種類の野草たちが、同じ配置で生えている……たぶん。

いかに深さの底が知れない森で、似たような光景が続くとはいえ、さすがに目に映るすべての植物の種類が一致する光景なんて普通はない。

『……たしかにありえるかもしれない。おれも、走っても走っても先に進まないと思っていたんだ。本当ならこのあたりには、木が欠けている日だまりがあったはずだし』

「んー、なにかの罠《わな》にはまったとか？」

『だけど、なにも危害を加えられたりはしていないよね』

たしかにそれを考慮すれば、誰か人間の仕業という感じでもなさそうだ。

というか、人を道に迷わせるなんて芸当、かなり特殊なスキルをもっていなければ不可能だし。

とすれば、もっとも考えられる線は――

「植物魔の仕業じゃないかしら。移動できる子たちなら、わざと茂みを作ることで誘導してたのかも」

私はミニちゃんから下りて、あたりを見回す。一度目を閉じて神経を集中させて、【開墾】スキルを発動した。

今回使うのは、『植物の種類や性質の文章による把握』能力である。

負荷がかかる魔法ではあるが、最近では使用時間もだんだんと延び始めていた。

私はあたりを見回しながら、ゆっくりと森を歩く。

あまたの植物が自生する森だ。大量の説明文で視界が埋め尽くされる。

私はそこから今不要な説明を折りたたんでいく。

これはこの間気づいたのだけれど、指でその文章に触ってみれば、同じ種の説明や名前を非表示にもできるのだ。

そうして周りの植物の説明を消していき、私は見つけた。

『ボキラン……近くに生えている植物に擬態する能力がある植物魔。人間や動物を惑わせて、面白がる悪戯《いたずら》好きな魔物。基本的に害はないが、遊びのつもりで遭難者を生み出すこともある。高温多湿を好み、餌として虫を食べる』

【開墾】スキルの説明によれば、こうだ。

擬態の能力を持つ植物魔が、この状況を生み出していたらしい。そしてもしかすると、マウロさんがいなくなった原因に、彼が関わっていることも考えられる。

「おーい、見えてるよー」

私はスゲ草に擬態しているボキランのところまで寄ると、そう話しかける。

しかし、反応はない。揺すってみても、本物然としていっさい動かない。どうやら知らないふりを決め込むつもりらしい。

ならば、こっちも少しは強硬手段に出なければなるまい。

私はできる限りの悪人面を作って、にたりと口角を上げてみせる。おどろおどろしい声を作って、言う。

「ちょうど、スゲ草燃やして毒団子でも作ろっかなぁって考えてたんだよねぇ〜。ちぎっちゃおっかなぁ。一思いにぶっちりと。そうだ、ナイフも持ってたっけ」

もちろん、本当はそんなつもりなどない。

けれど、演技として手袋をはめて、草抜きにかかるふりまでしたら……

『やめて、やめて！　ちぎらないでってば、やめるからさぁ』

ついに観念したらしい。

残念そうなため息が、スゲ草から漏れてくる。

『あーあ、もうばれちゃったかぁ〜。せっかく久しぶりに人間で遊べると思ったのにな』

気が抜けそうになる暢気《のんき》な声とともに、にゅるりと変化《へんげ》が解かれた。

平行脈で二枚の葉しかないスゲ草の形から、まるで葉っぱの塊が意志をもったかのような球体に、彼はなりかわる。

それと同時、宙に浮かび上がった彼の大きさは、ちょうど人間の顔くらい。

ただし、くりっとした青の目は身体《からだ》の半分くらいあって、かなり大きい。まるで髪の毛みたく、一枚の葉がてっぺんではねているのが、可愛《かわい》らしい生き物だ。

「すべてお見通しだよ。でも、なかなかいい隠れっぷりだったと思うけどね」

『……わお。お姉さん、変わってるね。トレントさんに乗ってる時点でおかしいと思ってたけど、もしかしてボクの声が聞こえるの？』

「うん。そういうスキルを持ってるの。あなたの正体を見抜けたのも、それが理由！」

私がそう言えば、ボキランは私の頭上を飛び回り始める。

『へぇ、聞いたことがないよ。やっぱり人間は色々な人がいて面白いな。ねぇ、じゃあもう一回隠れるから、ボクを見つけてよ。今度はもっと本気出すから！』

「えっと、それは無理かも。諸事情でちょっと急いでるんだけど……」

私の主張はしかし、ボキランには届かなかった。

最後まで聞く前に彼はまた擬態を始めてしまって、景色に溶け込む。そして都合の悪いことに放ってはおけない。また道に迷わされるのがオチだ。

『どうするの、マーガレットさん』

「んー……こうなったら、満足するまで遊ぶしかなさそうかも」

たしかにマウロさんを探すためには時間のロスだが、結局それが一番近道な気がする。

ここで遊びに付き合わなかったら、この先延々と、擬態によって実際とは違う景色を見せられることになりそうだし。

そうなったらリカルドさんとの合流すらできなくなってしまう。

ここは、子どもとのかくれんぼだと思えばいい。

と言って、手を抜くつもりはないんだけどね。どうせ遊ぶなら、本気でやる方がなんでも楽しいし！

「さーて、ミニちゃんも一緒に探そっか、ボキラン！」

『うん、マーガレットさんがそう言うなら手伝うよ』

それから私は、本気でボキランを見つけにかかる。

どうやらさっきまでの擬態はまだ序の口だったらしい。

目につきにくい岩陰に隠れたり、いつのまにかミニちゃんの背後に潜んでいたりと、ボキランは巧妙に隠れる。

私はそれに苦労しながらも、絶対に諦めず、毎度彼を見つけ続けた。

『あはは、あはは！　お姉さんとかくれんぼ、すごく楽しいや！　こんなに見つかったのは、初めてだよ』

それを繰り返すこと約一刻近く、ボキランはやっと満足したらしい。

擬態を解いた状態で、私の肩の上に乗る。

全然重みを感じないから、見た目通りかなり軽い身体をしているらしい。

新芽だらけでふわふわともしていて、思わずなごみかけるが、そうじゃない。

リカルドさんと合流して、マウロさん探しに戻らなければならないのだ。

「ねぇボキラン。マウロさん……体格のいい男の人を、このあたりで見かけたりしてない？　朝方くらいなんだけど」

『あ、それなら一人いたような気がするよ。まだ眠かったから、その人で遊んだりはしてないけど』

「ほんと!?　どっちに行ったか分かる？　もし分かるなら案内してほしいんだけど」

『いいよ～、あ、じゃあついでに連れの人とも合流する？』

「うん、そうしたい。ありがと！」

ボキランが私たちを先導して、ふわふわと漂っていく。

すると思いがけないほどすぐ近くに、リカルドさんはいた。

彼はトレントに乗った状態で、きょろきょろとあたりを見わたしている。

どうしたのかと思えば、

『ボクの仲間が遊んでるみたい』とのこと。

彼が呼びかければ、その子たちは擬態をやめる。みんな同じような形をしていたが、葉の跳ね方やうねり方には個性があった。

見た目は愛らしいけれど……もし【開墾】スキルがなかったらと思うと、ぞっとする。

もっと長い時間、リカルドさんと合流できていなかった可能性もあったようだ。

捜索のために森へと出て、こっちが遭難する事態になりかけていたらしかった。

「リカルドさん」

私は、背後から声をかける。

「マーガレットくん！　よかった、やっと会えた。探したよ」

彼はトレントの上ですぐに振り向き、一度は笑顔を見せて大きく息をつくのだけれど、その顔は再び固くなる。

「…………一応聞くけど、本物だよね？」

どうやらボキランに弄ばれすぎて、疑心暗鬼になっているらしかった。

彼は眉間にしわを寄せて、うろんな目で、こちらをじろじろと見てくる。

理由は分かっていても、恥ずかしいったらなかった。私が思わず視線を逸《そ》らせば、それでさらに疑われる。このままじゃ、いたちごっこだ。

「本物ですよ、まぎれもなく！　じゃなきゃ、トレちゃんに乗ってません。この子たちのいたずらだったんですよ」

そこで私はボキランを身体の前で抱えて、彼らのいたずらだった旨を説明する。

そのうえでボキランに頼んで、その場で実際にスゲ草へと変化をしてもらった。

それを目の当たりにして、彼はやっと納得してくれる。

「また、すごい技を持った植物魔だね……。こんな種類もいるなんて知らなかったよ」

「私も、本土では見たことがありません。気候が違うから、見慣れない種もいるのかもしれませんね。とっても多様な生態系です」

「だね。でもだからこそ、危険もある。本来は一人で探索するような森じゃないよ。まったくどこに行ったんだ……」

この発言からして、リカルドさんもマウロさんに関しての手がかりは、見つけられていないらしい。

となれば今頼れるのは、ボキランだけだ。

『さ、揃《そろ》ったね。二人ともこっちだよ〜』

スゲ草への変化を解いた彼は空気中を綿毛のように漂って、私たちの前を移動し始めた。

遊び場にしているだけあって、このあたりの地形は完璧に把握しているらしい。

いい調子で進んでいたのだが、彼らが止まったのは、コケの生い茂る森の一角。

ほかに目につくものといえば、大きすぎる樹木くらい。もちろん、マウロさんに繋《つな》がる手掛かりなどもない。

『ごめん、ボクたちがその人を見たのはこの場所なんだよね……。ここから先は分からないや』

ボキランはそう謝って、申し訳なさそうに葉を垂らす。

私は近づいてきた彼の頭を撫《な》でて、礼を述べた。

「ううん、むしろ助かったよ。ここまでありがとうね。ずいぶん案内してもらっちゃった。群れから離れて大丈夫なの？」

『それは平気！　そもそもボクらは群れでも、単体でも生きていけるんだ。自由がモットーだから。それより、ねぇお姉さん。次会ったら、また遊んでくれる？』

……なんて可愛いのだろう。

植物魔というより、近所の子どもみたいだ。私はその幼気《いたいけ》さに胸を打たれながら、何度も何度も頷《うなず》く。

「うん、また遊びましょう？　そのときは、いきなりは仕掛けてこないでね？」

『えー、どうしよっかなぁ……なーんて。お姉さんが困らないようにするよ♪』

ボキランは歌うようにそう言って、元の道を引き返していった。

私がその背中（といっても、前から見ても後ろから見ても葉っぱの塊だけど）を見送っていたら、リカルドさんが目を瞑《つぶ》って、なにやら耳を澄ましている。

集中している様子だったから、頃合いを見て、私は尋ねる。

「リカルドさん。どうされたんです？」

「……水の音がしたんだ。あちらの方からね」

「水、ですか」

そう言われて私も耳を澄ましてみた。

が、私の耳はリカルドさんの耳ほどさとくはない。そう言われれば、水音がしたような気がしないでもないくらいの感覚である。

彼はバイオリンをたしなんでいることもあり、とにかく優れた聴覚を持っているのだ。

どこかに小川でもあるのだろうか、と考えて私はふと思い出す。

「……そういえば、前に石英を持って帰ったとき。マウロさんが言ってました。川があるなら『スファレ輝石も必ずある』って……！」

「本当かい？　じゃあ、マウロくんはそれを一人で探しに行ったってことになるのかな」

「ありえますね、それ。なんでも一人でやりたがるのがマウロさんですし……自分で採取しないと気が済まなかったのかも」

「考えたくないけど、想像はつくね、それ」

そこまで言うと、リカルドさんは耳に手を当ててまた目を瞑る。

「こっちだよ。すまないトレントくん、あっちに向かってくれるかな」

それから、トレントにそう指示を出した。

今は彼の聴覚を信じるほかない。私たちはそれに従う形で、苔生《こけむ》す森を奥へと進んでいく。

そうして、しばらく。

初めは朧気《おぼろげ》だった水音が、だんだんはっきりと耳に聞こえるようになっていた。

そして、ついに川を見つける。

がしかし、たどり着いたわけではない。

「……こんなところに深い谷があったなんて」

「あぁ僕も知らなかったよ。マウロくんは、こんなところを下ったのか……？　いや、彼ならやりかねない気もするが」

「そうですね……。石の採取のためなら、なにをしてても不思議じゃないかも」

崖の下にほんの少し、その川辺が見える程度の距離感であった。

たどり着こうと思ったら、鬱蒼《うっそう》と植物たちの生い茂る崖を越えていかなければならない。

中にはこれまで見たことがなかったが、タケノキという、葉が細長く刃物のように鋭い植物もあるのは、【開墾】スキルで確認できた。

しかも不穏なのは、その白い花が咲いていることだ。

スキルの説明によれば、『タケノキ……節のある硬い植物。耐火性があり、器などにも利用できる天然の水瓶《みずがめ》。その花は百年に一度しか咲かず、咲けば、よからぬ事態が起きるとされる』とのこと。

それも考慮すれば、生身で下るのは躊躇《ためら》われる。私たちは怖気《おじけ》づくのだけれど、トレントたちは違った。

「え、ちょっとミニちゃん!?」

『大丈夫、ここはぼくたちに任せてよ』

ミニちゃんは躊躇《ちゅうちょ》なく、その崖を下り始める。

かなりの傾斜だ。もしかしたら放り出されるかも、と私は身を固くするのだけれど、

「って、あれ、安定してる……」

『トレントは根を自在にいろんな場所に張ることができるんだ。岩場ならともかく、地面に土があれば、問題ないよ。タケノキは避けていけばいいでしょ』

どうやらトレントたちには、なんてことのない場所だったらしい。

人間なら滑り落ちるほかなさそうな斜面をすいすいと移動していく。

下を覗《のぞ》き込めば、かなりの高さだ。

落下したらと思うと、腰が浮遊している感覚に襲われるけれど、ミニちゃんに抱えてもらっていることによる安心感もあったから、ちょうどいいスリル感だ。

これはトレントブランコと並んで、刺激的な遊びの一つになるかもしれない。

「ま、マーガレットくん……！　これは、かなり恐ろしいな」

「そうですか？　考えようによっては結構楽しいですよ！　それ、ミニちゃん頑張れ～！」

リカルドさんは、苦手な類いらしい。声を震わせて、身を縮めている。

「ちょっと、待つんだ、いや、やっぱりこんなところで止まらないで一思いに……って、あまり急

がないでくれ！」

あきらかに普段見せない、うろたえ方であった。決して落ちないと思えば、そんな姿もまた面白い。

おかげで私にとっては、川辺にたどり着くまでがあっという間に感じられた。

「……今日一日分の疲労感だよ。帰りもこれを登るのか…………」

リカルドさんはといえば、その真逆の感想だったようだ。

崖上を見上げて顔を青くしていたが、一度大きなため息をつくと、気持ちを切り替えたらしい。

「ここまで来たはいいけど、本当にマウロくんはいるのかな」

「さぁ？　とりあえず探してみるしかないですね」

「それもそうだね。上流と下流、どちらに行こうか」

「スファレ輝石がよりありそうな場所……って、どっちなんでしょうね。ねぇミニちゃん、分かる？」

『うーん、ちょっと分からないや。そもそも見たことがないかも』

手がかりは、なかなか見つからなかった。

【開墾】スキルを使ってあたりの土や植物を見てみても、スファレ輝石の場所が分かるわけではない。

「とりあえず上流に向かってみようか。そうしたら、後は下るだけになる。その方が、帰りが楽だろう？」

リカルドさんの言う通り、それがもっともいい。

私が首を縦に振ったそのときだ。

ある感覚が忽然《こつぜん》と、私の心中にぽうっと浮かび上がった。どうとも言葉にしようがない感覚だ。

なんとなくとしか形容ができない、不完全なものである。

だが、なぜか下流の方へと意識が引っ張られていくのだ。

思わずミニちゃんを止めて私が後ろを振り向いていたら、

「……マーガレットくん？」

先に進み始めていたリカルドさんが乗っているトレントを止めて、声をかけてくれた。

「なにか下流に気になるものでも見えたかい？」

「いえ、そういうわけじゃないんですけど……ちょっと気になるかなぁ、なんて」

確実なことなんてなにもなかった。

耳に聞こえるわけでも、見えるわけでも、情報があるわけでもない。

なにかが私を引き留めている。そんな気がするのだ。

これも、【開墾】スキルの力なのだろうか。だが、前に植物たちの説明が見えるようになったときとは違って、待てども確証は得られない。自分ですら自信をもつには程遠い状態だったが、

「じゃあ、先に下流に行こうか」

リカルドさんはあっさりと方向転換をしてくれた。

「い、いいんですか!?」

「うん。君の感覚は頼りになるからね。それは一番身近で見てるつもりだよ」

そう言って彼は、私とミニちゃんを追い越して下流の方へと向かっていく。

私があっけに取られてその姿をしばらく見送っていたら、ミニちゃんが口を開いた。

『リカルドさんは、本当にマーガレットさんのことを信頼してるんだね』

「そう、なのかな。でももし本当は上流にいた、なんてことになったらどうしよう……」

『その心配もいらなそうだけどね。リカルドさんは、マーガレットさんの判断を一緒に背負おうとしてるんだ。きっと責めたりしないよ。もちろん、おれもそのつもりさ。もう行こう？　置いていかれるよ』

じーんと胸が熱くなる一言であった。

おかげでだんだんと、自分の感覚に自信も出てくる。

なにかが、たしかに私を呼んでいるのだ。

それに意識を集中させるため、私は目を瞑る。細い一本の糸をたどるようなイメージで、ミニちゃんに進んでもらっていたら、

「マーガレットくん、マウロくんだ。見つけたよ！」

先を行っていたリカルドさんが声をあげる。どうやら本当にマウロさんのもとにたどり着いたらしい。

それと同時、霧の奥にあった謎の感覚は徐々に薄れて消える。

いったい、なんだったのだろう。これでは本当に何者かが私を導いてくれたみたいだ。

なんて悠長に考えていられたのはそこまでであった。

「どうして、そんなところにいるんだ……」

リカルドさんが唇を噛《か》んで、ため息をつく。

彼がいたのは、崖下にできた滝つぼのすぐ脇だ。

小さな岩場の上で座り込んでいたから、どうやら身動きが取れなくなっているらしかった。

かなり危険な場所だと言える。

滝つぼの付近は流れが読めず、一《いち》か八《ばち》かで水中に飛び込んでも、流されてしまうことが多い。

それに、マウロさんを見れば服がぬれてしまっていた。

たぶん長い間あの状態で、疲弊しきっているのだろう。顔も青白く、ぐったりした様子だ。あれでは到底、対岸まで渡れそうにない。

二匹のトレントも懸命に枝を伸ばして、マウロさんを救助しようとしてくれるが、

『くっ、あと少しなのに……！』

微妙に届かない。

川が流れるのが岩地であるせいだ。水の勢いもかなり強いから、壁に根を張ることができないのだ。

かといって、マウロさんに身を乗り出してもらうなんて危険も冒せない。

彼は今、疲れ切っているから、そのまま川に落ちてしまいかねない。

こうなったら、秘策を使うほかない。そこで私がアイテムを入れた腰巻から取り出したのは、蓋をした小瓶だ。

中には赤色の液体が入っている。

「マーガレットくん、それって……」

「エナベリーの実から作った液体ですよ」

「なるほど……。だけど、ミノトーロへの効果を見てたら、推奨はできないな。興奮して暴れてしまったらどうするんだい？」

「大丈夫ですよ、その辺は調整済みです。そもそもこれ、私が飲むかもなぁと思って持ってきたんです」

ミノトーロに与えたときの絶大すぎる効果を確認後、私なりにこそこそと調整を繰り返した。

そしてちょうどよく、一時的に少し力が出るくらいの濃度に仕上げたのだ。

畑回りの草抜きをしているとき、「元気だな」とリカルドさんに言われたのも、きっとそれが理由だ。

その時期は試飲の名目で、ほとんど毎日こそこそとエナベリー水を飲んでいた。

初めは大量の水で果汁を薄めたものを飲み、それからだんだんと濃度を上げていった。そうしてたどり着いたのがこの濃度だ（味は果汁をほとんど感じられず、微妙な感じだけれど）。

といって、身体の大きなトレントたちに使うには薄すぎるかもしれない。

が、やらないよりはやって後悔したい。

『とりあえず、それをおれの根元にかけてくれる？』

ミニちゃんも、試す気満々といった様子だった。

私はそれに応えて、エナベリー水を彼の根元にかける。
『うーん、たしかに微妙かも？』
効果を実感できるほどではなかったらしい。
が、彼はマウロさんのもとへと枝を伸ばしてみると……どうだ。
『届く、届くよ、マーガレットさん！』
ミニちゃんの枝がマウロさんの身体を巻き取り、崖の下から引き上げる。
ちょうど、枝を少し伸ばせるようになるくらいの効果はあったらしい。

三章

四話

彼の意外な本音

chapter 03

こうして最大の窮地を乗り越えたのだが、まだ安心はできない。マウロさんは、ひどく弱った状態であったからだ。

身体《からだ》が芯から冷え切っているらしく、唇は真っ青。震えが止まらないようで、ずっと膝を抱え込んだままだ。

「お二方は、どうしてここに……？」

と問う声も、わなわなと震えている。

「朝からマウロさんの姿がないのにカーミラさんが気づいて、探しに来たんですよ。いいから、まずはゆっくりしてくださいな」

このまま連れて帰るわけにはいかなそうだった。

なにせかなりの時間をかけて、ここまでやってきた。帰るにもそれなりの労力を要するのは間違いない。

途中で疲労が限界を迎えてしまって、より悪化する展開はもっとも避けたい。

「戻るのは、この河川敷で少し休んでからにしようか」

「そうですね。じゃあ、少し季節外れですけど、焚《た》き火《び》でもしましょうか。暖を取れますし、服もすぐ乾きますよ」

「たしかに、それはいい案だね。僕たちやトレントにもいい休息になる。えっと、なにからすればいいかな」

「とりあえず、薪《まき》探しに行きましょう。かわりになるものは、そのあたりに落ちていると思います」

私は、マウロさんの様子を見ていてもらうようミニちゃんたちにお願いをする。

そうしてリカルドさんと二人、川辺で流木や石などを拾い集めた。同時に、野草の採取も行う。

最後には、崖からせり出すように生えていたタケノキの一本をリカルドさんの剣によって切り落としてもらった。

「これも焚き火に使うのかい？」

「いえ、コップ代わりに使おうかと思いまして。さっきスキルで見たんですが、このタケノキは中が空洞なんです。それに耐火性もあるので、直火《じかび》で炙《あぶ》っても中から水が漏れだしたりしません。天然の水瓶《みずがめ》にもなるそうですよ」

「そうなのか。というか、火にもかけられるならガラスの瓶より優秀なくらいだな……」

こうして、必要な素材を集めたのち、私たちはマウロさんのもとに戻る。

石を下に敷き、その上に木々を載せたらリカルドさんの魔法スキルによって火をつけてもらった。くわえてミニちゃんたちトレントに風を起こしてもらったら無事、安定的に火が灯《とも》る。

そのうえで私はタケノキで作った三つの筒に、川の澄んだ水を汲《く》んだ。森の中にあるだけあって、その清らかさは確からしい。

それを火にかけて沸かしているうちに、大きな石の上ですりつぶすのは、さっき見つけたエルダー花の花弁である。おしべやめしべが外へ開くようについており、まるで黄色の蝶《ちょう》みたいに見えるのがその特徴だ。

「また、見たことのない野草だね？」

「これなら本土にもありますよ。もっとも、ポーションの中に入ってたりしてるので、原型はありませんけど。昔から薬草だって言われているんですよ。花をすりつぶして湯に溶かせば薬膳茶、根や茎はポーションの原料にもなります。身体をあたためる効果と、殺菌効果があるんです」

そのため体調が悪かったりするときがあったら採取してきて飲むのが、うちの家では定番になっていた。

少し山に行けば手に入るから、お金がないときの治療法としてはぴったりだった。ポーションのようにすぐに効果を発揮するものではないが、安価かつ健康的だ。

ただ本来なら、秋頃に花をつける種である。

この時期に花をつけているのは違和感もあったのだけれど……今は気にしてもしょうがない。

「お熱いので、ゆっくり飲んでくださいね」

「……ありがとうございます。痛み入ります」

ある程度冷ましてから、私は隣のマウロさんに、そのエルダーティーを手渡す。

火にあたって、やっと身体の震えが収まったらしいマウロさんはそれを受け取ると、ゆっくり飲み始めた。

それを確認して、彼の両脇にいた私とリカルドさんも一口。

甘くフルーティーな香りが鼻腔《びこう》を満たす。タケノキの青い匂いも混じって心地いい。

思わずほっと一息ついた。

それが三人分重なって、私とリカルドさんは目を合わせて笑う。

が、マウロさんはあくまで表情を変えない。一人、背をまっすぐに伸ばして、目を瞑《つぶ》っていた。

それを眺めていたら、そのタイミングでマウロさんが目を開いて、うっかり視線が合う。

「えっと、マウロさんはどうしてここに？」

私は気まずさから逃げるようにこう尋ねた。どちらにせよ、聞いておきたい話であったためだ。

彼はまたしばらく目を閉じると、ポケットからなにやら探り出す。

そうしてマウロさんが見せてくれた、全体に赤茶色を帯びており、かつ透明度が高く日の光をきらりと反射させる石は、間違いない。そのあたりの石とは、風格が違う。

「これって、スファレ輝石ですか」

やっぱり森に入った目当ては、これだったらしい。

「……はい。前に煉瓦《れんが》の原料は採取してきていただきましたが、スファレ輝石に関してはまだ見つかっておりませんでした。だいたいの場所は、前にマーガレット様に教えていただいた石英の情報から、あたりをつけておりましたから今回、調査と採取をしにまいりました」

「朝早くから一人で？」

私がこう聞くのに、

「まったくだ。危険だとは考えなかったのかい？」

リカルドさんが首を縦に振って、同じる。

少し厳しい言葉だったが、マウロさんはいっさい表情を変えることなく「考えました」と一言で答える。

「だから、色々と装備はしてまいりました。靴も山に登るための滑りにくいものを履いていましたし、食料や武器なども持ちだしておりました。ですが、スファレ輝石を前にして、少し安全をかえりみない行動をとってしまいました。申し訳ありません」

……なんというか、ずれた回答だった。

断層のずれた地面みたいに、会話が嚙《か》み合《あ》っていない。

たぶん、リカルドさんが聞きたいのはそこじゃない。別に謝ってほしいわけでもなかろう。

実際、彼の顔に浮かぶのは苦笑いだ。

想定外な回答のせいか、えーっと、とこめかみを搔《か》く。どうやら先の言葉が出ないようだ。

「マウロさん。そうじゃなくて、私たちが聞きたいのは、どうして相談してくれなかったのかってことです。それに日が昇る前に出たりしたら、誰も気づけませんよ。森は魔物も出ますし、今みたいな危険な場所もあります。一人で行くには危険なんです」

認識のずれを修正するため、私はできるだけ細かく聞きなおす。

……くどくど苦言を呈する上司みたいで、嫌な感じもするけど、この場合は仕方がないよね、うん。

マウロさんはしばし無言でうつむく。

それどころか、そのまま石像のごとく、まったく動かなくなってしまった。

もしかして傷つけただろうか。

私はその反応に焦って、「忘れてください」と訂正しようとするが、その少し前、彼はやっと口を開いた。

「早朝に出たのは、帰りがあまり遅くならないようにするためでございます。川がどのあたりにあるのか、俺には確証がありませんでした。なので、調査時間を確保するために早くに出立をしました。一人で向かったのも同じ理由でございます。確証のない場所に、お二人を向かわせるわけにはいかないと考えたためです。それで無駄足になると、申し訳が立ちません」

飛び出したのは、まさかすぎる理由であった。

私はよく理解しきれないまま、何度か瞬《まばた》きをする。マウロさんを挟んで反対では、リカルドさんも驚きの表情を浮かべていた。

基本的に自分の仕事にしか興味をもたない彼だ。

その口から、「私たちのため」だなんてセリフが出てこようとは、考えもしなかった。

「えっと、自分で採取したかったからではなくて？　私たちが採取してくるものじゃ不安があったから、とかでもなく？」

一応、再確認してみる。

「……なにをおっしゃっているのか分かりませんが、誰が採取しようと同じだと思いますが」

が、むしろ返答に困らせてしまう結果となった。

基本的に表情はほとんど変わらない彼だが、眉間には若干しわが寄っている。

彼のことをよく知っているわけではないが、それでも口から出まかせではないだろうことはその態度からして明らかだ。

でもそうなると、今度疑問になってくるのは、これまでの言動である。

あれ、もしかして私、なにか大きな勘違いをしてる……？

そんな疑念が頭の奥の方から、むくむくと湧き上がっていた。

「あの、もしかして一人で壁の建設作業をしてたのも、自分以外が触れることを認めたくない……的な理由じゃなかったんですか？」

もうここまできたら、どうにでもなれだ。いっそのことと思って、単刀直入に聞いてみる。

すると彼はまたしても小首をかしげて言うのだ。

「…………それが主目的ではございません。現段階では、煉瓦をただ積んでいるだけの状態になっている箇所もありました。危険ですので、あまり建築のことを知らない方の手を借りるわけにはいかないかと。それに、庭作業や家事などでお忙しい中、お手を煩わせるわけにはまいりません」

「じゃ、じゃあ、カーミラさんが蛇に襲われていたときは――」

「……？　あれは、蛇の退治に素人《しろうと》の俺が手を出して変に刺激してしまってはより危険が増しますから。とりあえず、彼女が蛇から離れるように誘導をしておりました。なぜか、熱くなっておられましたが」

まったく、なんて不器用なのだろう、この人は。

私はそう呆《あき》れて、拍子抜けする。

マウロさんはずっと彼なりに、誰かのことを考えて行動をしていた。

けれど、その「彼なりに」の部分のせいで、その意図は相手にまったく伝わっていなかった、と
そういうことらしい。理由をきちんと説明すればいいものを、寡黙な彼は最低限の一言、それも妙
に刺々《とげとげ》しさを感じる言葉でそれを済ませてしまう。

さらには、スタンドプレーにしか見えない行動に出てしまう。

結果としてそれが誤解を招き、真逆の意図で受け取られていたのだ。

私とリカルドさんの驚きと、マウロさんの困惑とが空気中に渦巻く。

しばらくの沈黙が落ちてくるなか、リカルドさんがそれを破った。

「……マウロくん、君はもう少し誰かを頼ることを覚えた方がいいよ」

そう、根本の問題はそこにある。

マウロさんは結局すべてのことを誰に相談するでもなく、一人で片付けようとしている。

今回、森にスファレ輝石を取りに行ったのだって、壁の建設に関してだってそう。さらに言うな
らば、畑に蛇が出たときもそうだ。

蛇の対処をマウロさんができないのは仕方がないとしても、リカルドさんの部下の方々にお願い
することくらいはできたはずだ。

「僕たちは同じ島で開拓使をしている仲間なんだ。一人でなんでも決めようとしないでくれ。その

行動がいくら僕たちを思ってのものだったとしても、それをよしとはできない」

厳しくも、優しい響きを持った言葉であった。

リカルドさんは飲み物を置くと、マウロさんを覗《のぞ》き込んで諭すように言う。

私も「そうですよ」と言わんばかりに何度か首を縦に振った。

これで理解してくれるかと思ったのだが、

「……俺が仲間、ですか」

マウロさんが気になったのは別の部分らしかった。

「そんなの当たり前じゃないですか。未開拓の島で同じ場所に住んで、同じ目的を持ってるんですし、仲間ですよ？　だから心配して探しに来たんです」

私は普通のことだと思って答えれば、彼は半分口を開けて、吐息を漏らす。

「……仲間。申し訳ありません、あまり言われたことがなかったので」

それから目線をふいっと逸《そ》らして、こう小さく呟《つぶや》いた。

その反応に、彼がエスト島へとやってきた際、役人が言っていたことを思い出す。

そういえばマウロさんは王城お抱えの建築士らになじめず、問題児扱いを受けて、この島にやってきたのだっけ。

それで、一つ思い当たる。

もしかするとそんな経験も、誰かに頼れなくなる原因を作っていたのかもしれない。

一度集団から除《の》け者《もの》にされると、どれだけ正しいことを言っても、その声はもう誰にも届かなくなる。そのうち声をあげるのも馬鹿らしくなって、一人ですべてを解決しようとしてしまいたくなるのだ。

それは私も、この身をもって痛感してきたことだ。

王城に勤めていたときは、女官たちの輪から完全に外れており、仕事を手伝ってくれる人さえほとんどいなかった。

まぁ私の場合は、ヴィオラ王女のような理解者もいてくれたし、不自由さはまったく感じていなかったけれど……彼が前にいた環境には、そんな人もいなかったのだろう。

ならば、いきなりというのは難しいのかもしれない。

「だったら、少しずつでもいいんです。急ぎませんから、いつかは仕事のこともプライベートのことも、なんでも相談できるくらい、信頼してもらえたら嬉《うれ》しいです。私たちはもう、マウロさんのことを頼もしいと思ってますから」

「…………頼もしい？　俺が？」

「はい。これまでは建築ができる人がいなかったので、色々大変だったんです。マウロさんが来てくれたおかげで、ぼろかった牛舎も補強してくれましたし、とても助かってますよ。ですよね、リカルドさん」

私がそう同意を求めると、彼は「そうだね」と一つ頷《うなず》く。

「マウロくんが来てくれたことによって、取れる選択肢が増えたのはたしかだよ。まだまだこれからも戦力として必要としている」

「………そう、ですか」

マウロさんはそう呟くと、足を三角に折って抱え込む。

もしかすると、いきなり仲間と言われたことで混乱して、頭の整理がついていないのかもしれない。

彼は押し黙ってしばらく、手持ち無沙汰だったのか、タケノキカップを手に取る。

はかったわけじゃないが、ちょうどのタイミングだった。私もリカルドさんも、エルダーティーに口をつける。

結構長い間、話をしていたらしい。

だいぶ冷めてしまってはいたが、その香りはやはり甘くて心地がいい。ぬるさ加減もほどよかった。

知らず知らずのうちに、ふうっと吐《つ》いたため息が三つ、また重なる。

「二回も重なるなんて……！」

私がつい噴き出すと、リカルドさんも堪《こら》えきれなくなったか、お上品に手を口元に当てて笑う。

マウロさんはといえば相変わらずの無愛想顔。私とリカルドさんを交互に見る。

よく見れば、その口角はほんのりと上を向いていた……気がしないでもない。一瞬だったから分からなかったけれど。

まぁ、その辺はこれからどうにでもなる。

いつかは、会心の笑みを浮かべるマウロさんも見てみたいものだ。

エルダーティーを飲み終える頃には、マウロさんの体調は万全に近い状態まで戻り、濡《ぬ》れてしまった服も焚き火の効果ですっかり乾いていた。

そうなればここは、長居するような場所じゃない。たまたま遭遇していなかったが、魔物が出ることもあるかもしれないのだ。

それに、あんまり遅いとカーミラさんたちに心配をかけることにもなる。

私とリカルドさんはそそくさと後片付けをするのだけれど、マウロさんの動きだけが緩慢だ。

「もしかして、なにか言いたいことがあります？　それともまだ身体が重いですか」

すかさず、こう尋ねる。今までなら、その微妙な機微には気づけなかったが、さっき話をしたばかりだ。

彼の様子に意識を払っていたから、声をかけることができた。

「なんでもいいんですよ、別に。なにを言っても怒りませんから。ここで寝泊まりしていこう、って言われたらさすがに断りますけどねー」

できる限り、砕けた調子で尋ねる。それが功を奏したのかはまったく定かじゃないけれど、

「身体は大丈夫です。ただ、スファレ輝石が、まだ足りないのです」

彼は返事をしてくれた。小さな声だったし、ぶっきらぼうな口調のままとはいえ、意見を聞けただけ大きな進歩だと言えよう。

「俺が採取できた分は、さきほどお見せしたほんの少量でございます。この急流を渡って、反対の岩地で採取作業をしていたのですが、その途中で足を滑らせて川に落ちてしまいました。まだ、こ

れではまったく足りません」

「なるほど……。じゃあもう少しだけ採取してから戻りましょうか？」

私がリカルドさんの方を見ながらそう言えば、彼は二つ返事で応じる。

「うん、それがいいね。またここまで戻ってくるのもけっこう大変そうだからね。……あの崖を降りてこないといけないし。それで、採取できる場所はどこなんだい？」

リカルドさんの問いに、マウロさんが指さすのはここことは対岸。

ごつごつと拳以上のサイズの大きな石や、さらに大きな岩が転がる地点だ。

「あの大ぶりな石や岩の中に一部含まれております。光に当てると、赤茶色に透けるものがそれでございます」

たしかに採取が困難そうな場所であった。

足場はごつごつとして起伏が激しく不安定だし、もし川に少しでも足がかかろうものなら、早い流れに身体ごと持っていかれてしまいそうだ。

「そもそも渡るときに失敗しそうですね、これ。飛び石はありますけど、踏み外せば滝に真っ逆さまですし」

……なんて、不安に思ったのはほんの束《つか》の間《ま》だった。

『マーガレットさん、それなら心配ないよ。エナベリー水ももらったしね』

『あぁ、わたしたちに任せておくといい』

ミニちゃんたちは器用に互いの枝葉を編み込み始めると、その距離をどんどんと伸ばして、対岸まで到達させる。

そうして出来上がったのは、即席の橋だ。

ご丁寧なことに、欄干までついているから、落ちる心配はまったくなくなっていた。

「本当に優秀すぎるよ、二体とも……！」

私は感嘆して、手放しでトレント二体をほめちぎる。

「……こんなことまでさせられるのですか」

「させているんじゃないよ。トレントの方からマーガレットくんに協力をしているんだ。なんにしても、驚くのはよく分かるよ、マウロくん。彼女もトレントも規格外だからね」

後ろでマウロさんとリカルドさんがこんな会話を交わしているのが聞こえてきて、少し恥ずかしかった。

だから、私はそそくさとそのトレント橋を通り、対岸へと先に渡った。続いて、二人も渡り終えると、トレントたちは落下しないよう今度は柵代わりになってくれる。

そうして安全を確保したら、いよいよ採取だ。

マウロさんにハンマーとたがねを借りて、こんこんと石を叩《たた》いていく。

たがねとは、先の尖《とが》った鉄製の棒だ。その頭を叩くことで、ピンポイントで力を加えることができるらしい。

「できるだけ顔を離して、たがねを石にあてがったら、ハンマーで頭を打つイメージでございます」

まずはマウロさんの説明を受けながら、石の一つを叩いていく。

これが意外と、というか、結構に楽しい。

そもそも石自体にはよく触れてきたから馴染《なじ》みはある。だが、自分で割ったことはなかったから、新しい楽しさだ。

私はスキルで石に目星をつけて、ひたすらに割るのを繰り返していく。

こうした複数の材料から成る石は『石英岩、スファレ輝石、長石』などと、一度に表示されていた。

「お、結構含まれてそうですよ、この石！」

「マーガレットくん。よくそんなに見つけられるね。それもスキルかい？」

「そうですよ。石や岩は、庭にも使いますから、元からなんとなくの種類は分かってましたけど」

「相変わらず、スキルも知識もとんでもないな……。それなら、君が石を見繕ってくれないかな。そうすれば、効率も上がるだろう？」

たしかに、リカルドさんの言う通りだ。

つい熱中してしまって、全体の効率を考えることが頭から抜け落ちていた。

私は、荒い石が転がる河川敷を慎重に歩きながら、スキルを使って足元に目を凝らす。

そして一つ、飛び抜けて大きな岩を見つけた。大きさにして、私の身体くらいはあった。

このままでは到底持って帰れそうにない大物だ。だからといって、この大きさともなれば、この小さなハンマーでは砕けまい。

「これ、大部分がスファレ輝石です。でも、こんなのどうしようもないですよね……」

私が近くにいたマウロさんにそう言えば、彼は作業の手を止めて、こちらへとやってくる。

「俺がやってみましょう。少し離れていてください。欠片《かけら》が飛びます」

そう言ったすぐあと、彼はいくつかの道具を近くの岩場に置く。

それらの道具に彼が手を当てるとそこには、二回りほど大きくなったハンマーとたがねが現れていた。

「それって…………」

「スキルでございます。俺のスキルは【構築】。この工具は、もともと『形状記憶』をする魔石を組み込んで構築した魔道具なので、少し魔力を流せば誰でも分解することも組み上げることもできます。その程度ではあるのですが」

なんだかあっさりと言うが、十分にすごい。

【構築】のスキルは、国全体で見ても持っている人が少ないと言われる希少なスキルだ。

「魔石一つ一つの持つ固有の力を効率よく引き出せるスキル……。魔道具を作れたりするんですよね、たしか。スキルを使いこなせるようになっていけば、いろんなものに応用もできるとか！　小さい頃、憧れたスキルです」

「……まぁ、一般的にはそうかもしれませんね。このスキルの所持者は、魔法具士になる人もおりますが、俺の場合は家業が建築関係でしたから。もっぱら建築のために使っております」

マウロさんらしい一途《いちず》で真面目な理由だ。

もし私ならもっといろんなものに使えないだろうかと、脇道に逸れるのを繰り返していると思う。

たとえばオリジナルの魔道具が作れたりして……？

なんて私が勝手な妄想を膨らませていたら、そのうちに、岩にたがねを当てて、ハンマーで叩き始めていた。物が大きくなるだけで、さっきまではちまちまとした作業に思えていたものが、結構豪快に見える。

たがねの打たれる音が響くのにつられてか、リカルドさんもこちらへやってきて、私とともにマウロさんを少し離れて見守る。

が、びくともしない。やはり大きすぎるらしい。

そんなマウロさんを見守りながら、ふと思い出したように、私はスキルを使う。

改めてスファレ輝石の説明を詳しく見てみると、

「……スファレ輝石は熱してから急速に冷やすと、割れやすくなるんですって！」

そこには大きなヒントがあった。

「そういうことなら、僕らでやれそうだね？」

「はい、お願いします、リカルドさん！」

「はは。ここまで大きなものを燃やすことなんてそうないけど、君に頼られて、失敗するわけにはいかないね。二人とも、少し離れていてくれ」

リカルドさんはそう言うと岩に近づき、短く息を吐くと、手を触れる。

すぐあと、岩全体を包み込むように火が起こった。

かなりの勢い、そして温度だ。近くにいるだけでも、汗が垂れてくるような熱気に包まれる。

その中心にいるだろうリカルドさんはもっと熱いだろうに、必死に魔法を持続させて、やがて石は十分に熱せられる。

そうしたら今度は、私の番だ。

水を一気に放出して、岩を急速に冷やしていく。こうして少し離れたところからでも届くようになったあたり、かなり使い勝手が良くなっていた。

しっかりと冷えたようで、その岩は猛烈な勢いをもって湯気をあげ始める。

「マウロさん、今です！」

そうしたら仕上げは、マウロさんだ。

ハンマーを勢いよく、岩へと振り下ろす。

さすがは建築士だ。よく見てみなくともがっしりとした体つきをしている彼の一撃は力強く、岩には徐々にヒビが入っていく。

そしてついに、ガシャリと音が鳴り、細かく崩れた。

黒っぽくすすけた岩の表面が割れて、中から出てきたのは、魔石と呼ばれるのにふさわしい翡翠《ひすい》色の輝きだ。思わず、笑みが浮かんでくる。

「やりましたね！」

「あぁ、うまくいってよかったよ」

私はまず側《そば》にいたリカルドさんと頭の上で手を合わせる。

それから、こちらへと下がってきたマウロさんにも手を向けた。

「完璧な連携でしたね！　これで少しは連携する大切さが分かりました？」

「……俺はただ、最後に割っただけなので」

「それが十分な貢献なんですよ！　経験者じゃないと、あんなに大きな岩を割るのは結構勇気がいりますし、そもそも割れないと思います。十分、大変なことです」

スルーされてもかまわない。

そう決めていたから、会話の間も私はしばらく手を上げっぱなしにする。

とはいえ、そろそろ攣《つ》りそうな予感……！　筋肉がぴくつく感覚に、私がそろりと手を下ろしかけたときだ。

マウロさんは、手を合わせてくれた。

ほんの少しの間だけだ。しかも冷静な態度はいっさい変えないままだったから、私はしばらく状況把握ができずに固まる。そして、あえなく攣る。

「……なにか、まずいことをしましたでしょうか」

「い、いえ！　ただ驚いただけです！　ありがとうございます！」

混乱しすぎたせいで、攣った腕を伸ばしながら、なぜか再びお礼を言ってしまった。

まぁでも共同作業をしたのには変わりないし、大きな進歩だ。

そうして、スファレ輝石の採取を終えたのち、私たちはすぐに屋敷へと引き返した。

がしかし、帰ってこられたのは夕方頃。

なぜなら再び、ボキランたちに捕まってしまったためだ。遊んでほしくて、ついやってしまったとのことらしい。

「遅い。そろそろ探しに行こうとしていたところよ」

と、出迎えてくれたカーミラさんが口を尖らせる。

怒り気味だが要するに、彼女なりに心配してくれていたらしい。私が理由を説明しようとしたら、

「申し訳ありません」

先を越された。

意外なことに、マウロさんに。

その謝罪には、カーミラさんも面食らったらしい。無言で、目を何度か瞬く。

「すべては俺のせいでございます。俺が勝手な判断で屋敷を抜け出して、輝石を採りに出かけたのが誤りでした」

マウロさんは、一歩前へ出ると、これまで言葉足らずで生み出されてきた誤解を解くためか、くどいくらいに細かく事情説明を行う。

その流れで、カーミラさんが蛇に襲われていたときの件まで、改めて謝罪した。

「……なにこれ、人でも変えたの？　湖に落としたら、綺麗《きれい》な人格になったとかそういう童話？」

カーミラさんはきょとんとして私にこう聞いてくるが、当然違うので首を横に振る。

まぁ滝つぼに落ちていたのはたしかだけどね。

「カーミラ様、大変申し訳ありませんでした。そして、俺のような者を気にかけていただき、ありがとうございました」

「……たまたまよ。偶然ふと見たら、あなたがいなかっただけでしかない」

「しかし――」

「いいから。感謝も謝罪も、するならマーガレットとリカルド様になさい」

カーミラさんはそう言って、マウロさんから視線を切る。

腕組みをしたままでいるなど、態度は厳しくも見えるが、彼女なりに理解し、そして許してくれた。

私はそう安堵《あんど》したのだけれど、

「分かりました。では、カーミラ様への謝罪並びに感謝の言葉は撤回させていただきます」

次の瞬間に飛び出たのがこの一言だ。

せっかく収まりかけていた火種に、油を注ぐみたいな、最悪の一言。

「…………は？」

「はい？　なにか間違えておりますでしょうか」

「大間違いでしょ、どう考えても！　私はあなたが謝るから許してもいいかって思ってたけど、撤回するのは違うでしょ！」

「しかし、感謝も謝罪も自分ではなくお二人にとおっしゃられたので……」

まぁたしかに言葉通りに取れば、そうとも捉えられるけれども。普通は、「じゃあ撤回しよう」という思考回路にはならない。

このままではまた、争いが勃発しそうであった。

が、そこでリカルドさんが一つ咳払《せきばら》いをする。

「まぁまぁ。ここは一つ、今度こそカフェの時間にでもしないかい？　今日はもう疲れただろう？夕食前だから、軽めに用意するよ」

にこにこと、花びらを振りまくみたいな笑みであった。

目を細めて、形のいい唇をほんのり上向け、穏やかな声で彼は提案する。

さすがはリカルドさんだ。

それだけで、ぎすぎすとした雰囲気が一掃されて空気が途端に和やかになる。

「どうかな？」

普通なら、まず断れない状況だ。

ただ前回はこんな仲裁さえ無視して仕事に戻っていったのが、他ならぬマウロさんである。

それに、スファレ輝石を手に入れたばかりということもあるから、彼なら仕事を優先しかねない。

私はそう不安にもなったのだが、マウロさんはややあってから首を縦に振った。

やっぱり今日の一件で、少しは変わり始めているのは確かなようだ。

「カーミラくんは？」

「まぁそうですね。畑仕事も一段落ついていますし……たしかに、もう疲れました」

毒気を抜かれたのかカーミラさんもその提案に乗って、矛を収めてくれる。

「マーガレットが私にお菓子を譲ってくれるみたいだし」

「なっ!? そんなものには釣られないって言ってましたよね!?」

「ふふ、冗談よ、冗談。そこまで慌てることじゃないでしょ」

「からかわないでくださいったら。もう、早く戻りましょ、お屋敷に！」

二人の気が変わらないうちに行動に移してしまう方がいい。

私はマウロさん、カーミラさんの間に入り、二人の手をそれぞれ引っ張ろうとする。

が、歩き出してすぐカーミラさんだけはなぜか、森の方を見つめたまま動かない。

どうしたのだろうと思えば、彼女は私たちの後ろを指さす。

「……あれ、なに？」

「え、なんのことです――って」

振り返ってみて、びっくり。

そこにはなんとボキランが一匹、ふわふわと漂っていたのだ。

目が合うと、空中でひっくり返りそうな勢いで跳ねる。

最初に出会った一匹で間違いなかった。球状の身体の頭から飛び出した一枚の葉が完全に、彼だ。

擬態してついてきていたらしい。

リカルドさんやマウロさんも気づいていなかったようで、目を丸くしていた。

「ボキラン、なんでこんなところに!?」

『……ついてきちゃったんだ！　お姉さんと遊ぶのが楽しくて』

なんてことだろう。ちょっと遊んだだけのつもりだったが、かなり懐かれてしまったらしい。

「こんなに群れから離れていいの？」

『さっきも言っただろう？　ボクたちは自由なんだよ。だから、ここにいさせてほしいなぁって。……でも、ついてきたらダメだった？』

大きな瞳をうるうると揺らして、彼は上目遣いに私を見る。

もし分かってやっているなら、とんだ策士だ。だが、そう思ってみたところで、その瞳に見つめられてしまったら、私の心はどんどん許容に傾いていく。

別に彼がいて困ることもないし——いや、あるかも？

「ボキラン、ずーっとは遊んであげられないけど大丈夫？　私たち、開拓を進めていかなきゃいけないんだ」

『うん、その辺は大丈夫！　たまに遊んでくれたら十分だよ。それに、人間は見てるだけで面白いしね。ね、いいでしょ？』

私はリカルドさんに目を流す。

ボキランの発言は聞こえていないはずだが、私の言葉から大体を察したのだろう。

柔和に笑い、首を縦に振る。

「いいんじゃないかな。彼の擬態能力があれば、外敵を翻弄することもできる。役にも立ってくれそうだよ」

『そう！　ボク、役にも立つよ！　ほら！』

ボキランはそう強調するとともに、お披露目《ひろめ》とばかり、わざわざ身体を変化させた。

ツル植物魔・オルテンシアになってみたり、はたまたスゲ草になってみたりする。

「……たしかに、これは役に立つかもね」

これには、カーミラさんも唸《うな》り、マウロさんは無言ながらこくりと首を縦に振った。

ボキランはその反応に水を得た魚のように私の回りを飛び、『ね？　いいよね？　ねーってば』と声を上ずらせる。いちいち子どもみたいで、可愛《かわい》いったらない。

心の中をくすぐられた気分になり、思い余った私は両の手でボキランを捕まえ、抱きしめる。

『な、なにするの、お姉さん～！』

「じゃあ今日からよろしくね、ボキラン！　ううん、これからはランちゃんって呼ぼうかな」

『えー、キラって名前がいいなぁ。なんかボクらしくて格好《かっこ》いいし！』

「あ、それも可愛いかもね」

『格好いい、ね！』

私としては、「可愛い」の方がしっくりくるのだけれど、ここは大人になって譲ってあげることとする。格好いいと言い張る姿すら、可愛いしね。

「ねぇキラちゃんが食べる虫って、どんなの？」

『ん、わりとなんでも食べるよ？　ハエとか蚊とか、小さいのなら』

「おぉ、屋敷の中に入り込んだ虫の駆除にぴったり！」

色々なことがあって慌ただしい一日だった。
けれど、絆《きずな》が深まり仲間も増えたのだから、充実した一日だったと言えよう。

三章

五話

夢か現《うつつ》か

chapter 03

それからというもの。

マウロさんは、ほんの少しだけ変わった。

といっても基本的には単独行動が多いし、相変わらず無口で言葉足らずではある。

が、本当に必要なときは頼ってくれるようになったし、壁の建設も少しは手伝わせてくれるようになった。

直接指導するのは難易度が高かったのか、手順書を手渡されるという奇妙な形ではあったが。

カーミラさんと二人、煉瓦《れんが》の山の前に座り込み、そのマニュアルに目を落として、思わず漏れるのは「うわぁ」という声だ。

「びっしり書かれてますね……」

「しかも小さいんだけど。あたし目悪いんだよねぇ」

もしかしたら自分の発言が誤解を生みがちなことを、マウロさんは悟ったのかもしれない。

細かい注意点まで羅列されている。もはや高い魔道具を買ったときについてくる、厚すぎる取り扱い説明書みたいだ。

頭から読んでいたら、日が暮れそうな勢いである。

「こんなの読む気しないって。マウロに言って、もう少し簡単にさせましょ」

「そうしてほしいですけど、マウロさんも一生懸命これを書いてくれたんでしょうし……。それに、あれ見てください」

私が顔を向けたのは、スファレ輝石のカッティング作業にいそしむマウロさんだ。

もはや声をかけるのがはばかられるくらい、集中している。刃物を持って、目を血走らせているのだ。

「……やめておきましょ、あれは。関与せぬ悪魔に障りなしよ。なんだか凄惨な光景が目にちらついたわ」

その光景には、意見が一転する。

カーミラさんは両腕を抱えて、自分の肩をさすっていた。

彼女が危惧しているような事態は起こらないだろうけれど、邪魔をしない方がよさそうなのはたしかだ。

だからカーミラさんと二人、手順書の解読をしながら作業を進めていく。

もう基礎は、マウロさんが固めてくれていたから、その上に煉瓦を積んでいく作業だ。

水で濡《ぬ》らした煉瓦を並べては、岸辺で採取した石灰石を原料に作った接着剤を塗り、また煉瓦を並べる。

その際に、煉瓦に着色をしてもいいらしい。これがまた結構にはかどる。

「ここに差し色で白があるとおしゃれかもですね」

「そうね……。あ、ここだけ並べ方を変えてみるのもいいかも」

なんて、だんだん楽しさを理解してきたところで、頬《ほお》にぽつりときた。

見上げてみれば、いつのまにか空はすっかり灰色に染まっていて、分厚い雲が覆っている。

ついさっきまでは青空が広がっていたにもかかわらずだ。

「最近、なんか多いわね。こんなに雨が続くことって、本土じゃあんまりなかったかも」

「気候の違いが原因でしょうね。海辺ですし、天候が変わりやすいのかもしれませんね」

雲の大きさもまったく違う。

こんなに分厚く上に積み重なるような雲は、そう見なかった。

奥がまったく見通せないその灰色は、見つめ続けていると少しの胸騒ぎがする。

ただの雨だと思い込んでみても不安感がぬぐい切れない。

それは、前にマウロさんの居場所を当てたときのような「なんとなく」とは違う。

頭によぎっていたのは、川の脇にそびえる崖に群生していたタケノキの白い花が、一斉に開花している様だ。

【開墾】スキルの説明ではたしか百年に一度しか咲かず、それが咲いたときには、不吉な出来事が起きる。

そんなふうに書かれていた。迷信かもしれないが、だからといって気にならないかといえば、嘘《うそ》だ。

あのときは、マウロさんの危機を表しているのかと思ったが……結果的には助けることができたうえ、無事にスファレ輝石も手に入った。

マウロさんとの絆《きずな》が少しは深まったことを含めると、むしろいい出来事だったくらいだ。

とすれば、これからなにか起こっても不思議じゃない。

エルダーの花が、季節外れに咲いていたのも、引っかかっていた。あぁいう狂い咲きが起きるときは、なにか自然環境に変化があるときだ。

「マーガレット、どうしたの。なんかぼうっとしてる?」

カーミラさんの声かけで、はっと顔を上げる。

いえ、と首を振れば彼女は不思議そうにしつつも、「ならいいけど」と片付けを始めた。

「じゃあ今日は終わりにしましょう。濡れてまでする必要のある作業じゃないし」

「そ、そうですね。風邪ひいたら大変です。マウロさんにも声かけてきますね」

「あ、あぁ、うん。よろしく頼むわね」

どうやらカーミラさんは、今のマウロさんを本気で怖がっているようで、話しかけたくないらしい。

そこで私はマウロさんのもとへと歩み寄る。

「もう今日は上がりましょうか」

「まだ少し、作業をしたいのですが」

「部屋でやればいいですよ。それになんとなく、虫の知らせがするんです」

あくまで、嫌な感覚くらいの話だ。なにか具体性のある話ではない。

具体的な説明をできず私が眉を落としていると、

「……そうですか、であれば今日はここまでにいたします」

マウロさんは素直に手を止めてくれた。

その後、リカルドさんやその部下の方々も畑へと出てきてくれて、全員で片付けをしたのち屋敷内へと引き上げる。

すると用意されていたのは、あたたかいエルダーティーだ。

それを啜《すす》って、ほっと一息つきつつも、私は窓の外へと目をやる。

「外が心配かい？」

「えっと、少しだけですが」

「心配なのは分かるけど、今はあまり気にしない方がいいよ。ずっと気を張っていても疲れてしまうだけだからね。こういうときは、中で本を読んで過ごしているくらいがいいよ」

「……はい」

リカルドさんの言う通り、あまり考えすぎるのはよくない。

私はそこで気持ちを切り替えて、彼の書庫に入っていた小説を借り、自室で読書にいそしむ。

しかし集中はしきれず、時たま外を見やるが、小雨が続くだけ。

そのまま夕暮れどきを迎えて、どうやら杞憂《きゆう》だったらしいと思いかけたところで、それはほんの少しの時間で一気に来た。

「………嵐だ」

窓枠が強風によって、がたがたと揺れていた。さらには横殴りの雨粒が、窓を強く打ちつける。

尋常ならざる雨の勢いだった。

外の景色が黒い霧の中にあるみたいに、ほとんどなにも見えやしない。轟音《ごうおん》だけが響いて、その荒々しさを伝えてくる。

そんな事態にまずよぎったのは、トレちゃんたちのことだ。彼らの中には、老木の域にさしかかっているものも多い。

不安に駆られた私は窓を開けて呼びかけようとするのだが、

「みんな、大丈夫!?　くっ……!」

巻いている風の勢いに押されて、開けることすらままならない。

動悸《どうき》がどんどんと激しくなる。鼓動が身体中《からだじゅう》に伝わっているかのようだ。それに駆られて、私は部屋を飛び出る。

屋敷の外へ出ようとするのだけれど、ここも開かない。

仕方なく裏口から出ようと正面扉から振り返ったところで、ばったりとリカルドさんに出くわした。

いや、彼だけじゃない。

マウロさんも、カーミラさんも、リカルドさんの部下の方も、そこには集まっている。

「マーガレットくん、悪いけど外に出すわけにはいかないよ」

「でも、トレントたちが、それにミノトーロたちも心配なんです」

「気持ちは分かるよ。でも、僕らが行ってなにかできるかい？」

「それは……」

私は、言葉に詰まらざるをえない。

たしかに前のオムニキジ襲来のときとは違って、私が出て行って、どう対処できるものでもない。

そんなことは、庭師をしていた私がもっともよく分かっている。

大雨に降られたときに出て行けば、怪我《けが》をする可能性もある。雨が上がってからどう対処するかが一番大事なのだ。

ここで様子を見に行っても、ただ怪我をするだけ。分かってはいるのだけれど、理性的な思考と身体とがどうしても一致しない。

頭の真ん中にフラッシュバックしていたのは、過去に王城を竜巻が襲ったときのこと。

大切に育ててきた植物魔・オルテンシアの一部が根元でぽきりと折れてしまい、しかも水浸しになった根は腐って、彼はそのまま息絶えた。

つい数刻前まで、ぴんぴんとしていたのに、だ。

「とにかく、今は様子を見守るしかないよ」

「でも――」

と、続けようとして気づく。

リカルドさんの目角にも力が入っていて、唇を少し巻き込むように噛《か》みしめていることに。

悔しいのは、彼も同じらしい。

それを押し殺して、「私のために」と忠告をしてくれているのだ。

そんな意思を前にすれば、いかに自分が身勝手な行動をとろうとしていたかを痛感する。

「今は見守っていよう。やむまで、起きて待っていればいい」

「そうよ、マーガレット……。あたしだって悔しいけど……」

「俺も出て行くのは反対です。失礼ながら止めさせていただきます。それに、少なくともミノトーロの牛舎はこれくらいでは壊れないようにしています」

リカルドさん、カーミラさん、マウロさんが口々に言う。

『そうだよ、お姉ちゃん！　ボクだって仲間が心配だけど……今は祈るしかできないよ』

そこへ、屋敷の中に避難していたらしいキラちゃんがやってきて、こう宥《なだ》めてくるのだから、振り切って、外へ行くわけにもいかない。

だが、なにもしないのでは落ち着かなくて、私は窓際まで駆け寄る。

すると、そのときにはトレちゃんが屋敷を覆うように移動してきていた。前にオムニキジが襲来したときと一緒だ。

また屋敷を守ろうとしてくれているらしい。

「トレちゃん、みんな、大丈夫!?　自分の身を守ることを優先してね!!!　こっちは大丈夫だから」

窓が開かないので、私は必死に呼びかける。

が、雨音や風の音に紛れてしまっているのか、返事は聞こえてこない。

豪雨はなおも、激しさを増しているようであった。

いよいよ玄関先にまで水が入ってくるから、外はかなり水が溜《た》まってしまっているらしい。

耳に入ってくる音は、次第に鼓膜を強く打つようになる。

それでもなお祈るように外の景色を見ていたそのときだ。

もっとも見たくなかったものが、目に入ってしまった。折れた太い枝が風に流されるように、地面へと落ちていったのだ。

「うそ……」

ふっと、足から力が抜ける。私はその場で、膝から崩れ落ちた。瞬《まばた》きすることさえできなくなる。

「マーガレットくん、大丈夫かい!?」

リカルドさん、カーミラさん、マウロさんの三人が一斉に周りを囲むが、反応さえできない。

ただ茫然《ぼうぜん》と窓の外を見つめるのが精いっぱいだ。

なんて無力なのだろう、私は。こんな緊急時になにもできないなんて。

トレちゃんは今、嵐から屋敷を、私たちを守ろうと必死になっている。その結果として、身体の一部が千切れてしまうほどの怪我を負った。

だというのに、その思いを受けても私はこうして、屋敷の内側で泣き叫ぶしかできない。

それが悔しくて、歯がゆくてたまらない。

「もう、やんでよ……」

結局、神頼み。これしかできないのだ。

これじゃあ、まったく昔と変わらない。スキルが進化したって、大自然の前には、抗《あらが》うことすらできない。

私はひどく小さい。

気づいてしまった事実に、熱いものが目から溢《あふ》れだす。

それは頬を伝ったのち、願うために結んでいた手の中に、ぽつりと落ちてきた。

「……へ？」

すると、どうだ。強く結んだ私の手の中から突然に、青色の光が煌々《こうこう》と溢れだしてきた。

急速に身体の外へと魔力が流れ出ていく感覚がある。

「マーガレットくん、なんだい、それは」

リカルドさんが聞くのに、私はただ首を振る。

自分でもまったく分からなかった。こんな現象が起きたことなんて、今までは当然ない。

また【開墾】スキル……？　スキルが私の願いに反応した？

色々と可能性はあるが、もうなんでもよかった。

この状況がどうにかなるのなら、少しでも変えられるのなら、それでいい。なにかが起こってくれという一念だけを込めて、指と指を握り込む。

そうしてしばらく経《た》った頃、私の視界はブラックアウトした。

その間際、ぷつりと意識が途切れる直前、曇天の切れ間から綺麗《きれい》な夕焼けのオレンジが覗《のぞ》いた
――ような気もする。

夢か現かは、分からないけれど。

三章　六話　嵐が去って

chapter 03

普通では考えられないような出来事が、目の前では起こっていた。

嵐の日に起きたそれは、まさに奇跡だ。

「雨が上がっている」

リカルド・アレッシは半ば呆然《ぼうぜん》として、そう呟《つぶや》く。

というのも、ほんの少し前まで外は嵐に見舞われていたのだ。

その勢いはとにかく苛烈で、強い風が屋敷全体を揺らし、溜《た》まった雨は屋敷の玄関を水浸しにするほど。リカルドにとっても、この季節に島で過ごすのは初めてのことだったから、かなりの恐怖を覚えるものだった。

どう考えても、しばらくやみそうにもなかった。

なかったはずなのだ、少なくとも。

だが今、窓の外に広がるのは雲一つない夕空である。雨が降っていたことさえ疑わしくなるような快晴だ。

これが奇跡でなくて、なんだというのだろう。

神が味方した――そうとしか言えないような展開だった。

しかしそれはたぶん、日頃の信心が生んだわけじゃない。

「マーガレットくんがやったんだよな……」

リカルドは、窓のへりに手をつき、背後のベッドへと目をやる。

そこに横たわるのは、奇跡を起こしただろうその人、マーガレット・モーアだ。

謎の魔法を使いながら気を失うようにして倒れた彼女だったが、その原因は単に魔力切れだったらしい。

今は軽い寝息を立てて、すやすやと眠り込んでいた。

その安らかな寝顔に心底ほっとする。彼女が倒れたときは、カーミラやマウロに落ち着くよう諭されるくらい取り乱してしまったから、なおさらだ。

何度名前を呼んだことか分からない。

その後、寝ているだけだと気づき、どこかへ運ぼうとしたが、勝手に彼女の部屋に入るわけにもいかなかった。そこで空き部屋のベッドに運び込んだのが、ついさっきである。

やっと落ち着き、ふと外を見れば空はすっかりと晴れあがっていた。

「あたし、見ました」

と、口を開いたのは、マーガレットの横たわるベッドのすぐ脇に椅子を寄せて座っていたカーミラだ。

あまり大人数で集まって、マーガレットの睡眠を邪魔するわけにはいかない。

そのため部下たちは部屋へ返して、ボキランには外へと出てもらったのだが彼女とマウロはその場に残っていた。窓際に立つリカルドを見上げるカーミラの表情は、少しだけ険しい。

「リカルド様は、マーガレットを見ていて、気づかなかったかもしれません。でも、マーガレットが倒れる直前、空が割れたの……」

「空が割れた……？」

「はい。雲はその割れ目から破れるようにして、消えていきました。あなたも少しは見たでしょう、マウロ」

彼女が同意を求めると、部屋の隅に立っていたマウロは首を縦に振る。

「えぇ、たしかにそのように見受けました。マーガレット様が手元で作っていた青色の魔法に反応した結果以外には考えづらいかと存じます」

二人の証言は、ぴたりと一致していた。

どうやらマーガレットがこの状況を作り出したのは、間違いないらしい。

だとすれば、とんでもない事実だ。

草をむしれるとか、植物の特徴が分かるとか、マーガレットの力や知識は、それだけでも十分特異で有用性が高かった。もし彼女の力添えがなければ開拓なんて、いまだに一つも進んでいなかったに違いない。

だが、『天候を操れる』なんていうのは、これまでの能力と比べても、次元が数段異なる。

島一つどころじゃない、大国一つさえ動かせそうな規模の話だ。

天候は作物の豊作・凶作を左右し、収穫量はそのまま国力になる。

そう考えれば、彼女の力は世界中で欲しがられるに違いない。

リカルドはつい皺《しわ》の寄る眉間に、指を当てる。

「二人とも、このことは他の誰にも、マーガレットくんにも秘密にしてもらえないかな」

悩んだ末に出した結論が、これだった。

この能力があることにより、マーガレットが得られるだろう利益と、反対に被るであろう危険。

その二つを天秤《てんびん》にかければ、危険の方が明らかに重い。

ならば今できる最善は、見なかったふりをすることだろう。

もちろん、自分のエゴが一切ないとは言えない。

リカルドにしてみれば、天候が操れる能力なんて、どうでもよかった。

ただ個人的な思いとして、この先もマーガレットとともに、この場所で同じ時間を過ごしていたい気持ちは当然にあって、それは少なからず結論に影響を与えた。

マーガレットのためと言いつつ、自分のためじゃないかと言われたら、白を主張できるか怪しい。

そこを指摘されれば、痛い話ではあったし、反論されるかとも思ったのだけれど、二人はなにか聞き返してくるようなこともなく、受け入れてくれた。

それがこの場でもっとも立場の高い人間である自分への気遣いからくるものだったとしても、今のリカルドにはそれでもよかった。

「ありがとう。部下たちには、あとで僕から言っておくよ」

これでいい。

今日の嵐は自然の悪戯《いたずら》だった。突然にやってきて、突然にどこかへと消えていった。そういうことにしておけばいい。

そうすれば、また明日から平穏な日々が返ってくる。

「さて、外の様子を見に行こうか。怪我《けが》をしたトレントもいる。それに、ミノトーロたちも心配だ。それに、マーガレットくんもそっとしておきたいしね」

リカルドは切り替えるため、努めて笑顔を見せて首を傾《かし》げる。

そうして二人を、部屋の外へと促したのであった。


遠くの方から、その穏やかな高音は聞こえた。

真っ暗な視界の中、途切れつつ聞こえるそのゆったりとしたメロディは、まるで大河のように雄大で、また包み込むように優しげでもある。

まるで「こっちへおいで」と招かれているかのようだった。

もっと聞きたい、そう思った私の足は自然とそちらへと向く。

どれくらい同じ場所にいただろう。

初めは思うように歩けなかったが、リズムを掴《つか》むとできる限りの早足でそちらへ近づいていく。

そうすると、視界はだんだんと明るくなって――そこで、やっと目が覚めた。

続いていた伸びやかな音が、そこで余韻を残して止《や》む。

「やっと気がついたみたいだね」

「……リカルドさん？　あれ、私――」

吊《つ》るされた明かりの眩《まぶ》しさに目を細めながら、私は身体《からだ》を起こす。

が、全然頭が回らない。

少しの間、見慣れない部屋の景色をぼうっと眺めてから、

「外は……!?　嵐はどうなったんですか!!」

鮮明に蘇《よみがえ》った最悪の記憶に、私はリカルドさんの方を勢いよく振り返った。

「つぅっ……」

起きて急に動いたせいか、頭が痛む。

けれど、こんなことを気にしている場合じゃない。

無理に顔を上げると、リカルドさんはバイオリンとその弓とを立てかけながら、いつもの穏やかな表情を変えない。

「大丈夫だよ。だから、もう少しゆっくりしているといい」

「大丈夫って？」

「あのあと、嵐は去ったんだよ。一刻もしないうちに、自然とやんだんだ。トレントたちの様子も見に行ったけど、全員無事だ。怪我をしている個体もいたけど、致命傷じゃない」

「そう、ですか……」

トレちゃんの枝が折れて落ちた瞬間が頭によぎる。そのため無事の報告には、心底ほっとした。

私は大きく息を吐き、思わず後ろに倒れる。そうして窓から見えたのは、日の光が降り注ぐ外の景色だ。

また、がばりと起き上がる。

「君は本当に忙しい人だな。それに分かりやすい。君はずっと寝てたんだよ。倒れてからは、半日くらい経《た》ったかな」

「は、半日も……？」

「うん。覚えているか分からないけど、魔力が暴走して倒れたんだよ、君は。狼狽《ろうばい》していたようだったから、そのせいかもしれないね」

それなら、うっすらだが記憶にある。

どうにかならないかと必死になって願っていたとき、魔力が一気に身体の外へと放出されていったのだ。

「そう、ですか……」

私は手のひらへと目を落とす。なにかの魔法が発動したのかと思っていた。

が、そのときの感覚は残っていないから、ただの勘違いだったらしい。

「ばかみたいですね、私。泣いてわめいて、結局なにもできてない」

「そんなことはないよ。たぶん君の祈りが届いたんだよ。だから、こうしてみんな助かった」

耳あたりのいい響きだった。

そうであれば、誰もが不幸にならない模範解答だ。

だが、次同じことが起きたときにまた奇跡が起きる保証はない。神様をまったく信じていないわけじゃないけれど、決して当てにしてはいけないこともまた知っている。私は一人、先のことを考えて指を握り込む。

しかし考え込むまでに至らなかったのは、

「お腹《なか》がすきました……」

もはや凹《へこ》みそうなくらい、空っぽになったお腹のせい。

よく考えなくとも半日近く眠り続けていたのだ。

たくさん動いた分は、たくさん食べることを基本にしている私にしてみれば、エネルギー不足もいいところだ。

夜ご飯、大事、ほんと。

「はは、やっぱり忙しい人だね、君は。そう言うと思ったから、食堂に用意してあるよ。昨日のメインだったウサギ肉の赤ワインソースがけと、かぼちゃスープに、ベーコンチーズパン。どちらも食べるといい」

聞いただけで、よだれが出てくるメニューだ。食欲に動かされて、私はのそのそとベッドから這《は》い出《で》ようとする。

がしかし、寝相が悪かったか毛布の下でスカートがまくれ上がっているのを見て、慌てて毛布をかぶり直した。恥じらいから顔が熱くなる。

「えっと、その……少し部屋の外へ行っていただけると……」

申し訳ないながらに言えば、リカルドさんは「あぁ、うん」とすぐに席を立つ。

彼が部屋から出るのを確認するなり、私はベッドを飛び出て、身なりを正す。

その時間、ほんのわずか。

私はすぐに扉を開けて、リカルドさんに「もう大丈夫です、すいません」と告げるのだけれど
……

「寝てます？」

彼は廊下の壁にもたれかかりながら、腕組み。その姿勢で、うつらうつらと頭を揺らしているではないか。

そこへきて、長い睫《まつげ》毛の下がうっすらと黒ずんでいることに気づく。

美しいくらいに白い顔であるがゆえに、そのクマは目立ってしまっていた。

どうやら、ずっと起きていてくれたらしい。たぶん彼は一晩中、私の側《そば》にいてくれたのだ。

日中から掃除に料理にとたくさん動き回って疲れていただろうに、朝になるまで、そこにいてくれた。ほんの少し気を抜くだけで眠ってしまうほど、限界状態になっても私が起きるまで待ってくれていた。

彼の奏でる音が優しいわけだ。誰かのためにここまでできる人は、そういない。

彼の照らした光で、心の内にぽわりと日だまりができる。

その温かさに私がしばらく時間を忘れてリカルドさんを見ていたら、

「……あ、終わったかい？」

リカルドさんが眠そうながらにぱちりと片目を開く。

「はい。あの、リカルドさん。色々とありがとうございます」

私が頭を下げると、彼はこめかみを指で少し掻《か》いた。

「まいったな。ばれないと思ったんだけど、油断したよ」

「油断もなにも、寝てなかったら眠くて当然です。もう寝てください。今日の家事は私がやっておきますから」

「……なにを言ってるんだい。君こそ病み上がりのようなものなのに」

「私の場合、ご飯いっぱい食べたら回復します。というか、もう回復しました。だから心配しないで休んでください。私だって一応、もともとは家事担当でこの島に来たんですよ」

私は「でも」と遠慮がちに言う彼を押し切り、食堂へと向かう。

ご飯を食べたら、と言ったが、その前からもう足取りは軽かった。


朝食を取り終えたのは、もう九の刻が近い時間だった。

私は皿洗いまでを済ませるや否や、すぐに外へと出る。

すっかりと空は晴れあがっていた。半分昇った太陽がさんさんと輝いて、頭上を照り付けてくる。

昨日の嵐が嘘《うそ》のような晴天具合だ。

だが、畑に目をやればオムニキジの襲来を受けたときの比ではないくらい荒れている。

なにより甚大だったのは、水による被害だ。まるで池みたいに、畑には水が浮いていた。ここの土は、もとから少し水はけが悪い。

そこへ、あれだけの雨量は受け止めきれなかったのだろうか。私が一人分析していたら、

「もう、全然抜けないし!!　なんなのよ、これ」

「……わ、我々に言われましても」

その中心から甲高い声がする。

どうやらカーミラさんがバケツを使って排水を試みてくれているようだった。それを、リカルドさんの部下の方々が手伝っている。

しかし、成果の具合は芳《かんば》しいとは言えない。

何度も往復していて、それだけでも疲れてしまいそうだ。

「水抜きなら、もっといい方法がありますよ！」

私は、水の溜まっていない箇所を見定めるため、地面に目を落としながら、跳ぶようにして彼らのもとまで移動する。

たどり着いて顔を上げてみれば、カーミラさんはなぜか涙目だ。

「え」と言ったそばから、がばり抱き着かれる。

「え、じゃないわよ。やっと起きたのね。本当によかった……！」

突然の抱擁に、私は戸惑いを隠せない。ぐずぐずと鼻を鳴らす彼女を受け止めつつ、部下の方々が耳打ちするには、

「昨日の夜からずっとこの調子だったんです。今も、ただ待ってるだけじゃ落ち着かないからって

作業をしていて……」

とのこと。リカルドさんだけではなく彼女にも、よほど心配をかけてしまったらしい。

「ちょっと寝すぎでしたね、私」

「本当よ。とんだ大寝坊よ」

言葉はきついけれど、それでも思いは伝わってくる。

うんうんと頷《うなず》きながら、私は彼女の背を撫《な》でてやった。

そうして、しばらく。

やっと落ち着いてくれたところで、寝坊した分を取り返すためにも、私は改めて提案する。

「周りに水路を作ってあげれば、水はすぐに抜けますよ」

「……水路っていうと水の通り道？」

「そうです！　畑から海の方へ流れるように作ればいいんです」

口で言うだけでは伝わらないかもしれない。

私はスコップを借りて、水たまりの淵《ふち》を削る。すると、そこから溢《あふ》れた水は、作られた傾きに沿って流れ出ていった。

「たしかにこれを海側の林の方まで作れば……」

「はい、流れ出ていくはずですよ。若干ですけど、浜の方とこの屋敷では高低差がありますからね」

もちろん少し掘った程度でできるのは、あくまで簡易的なものだ。

昨日のような豪雨が降る可能性があると分かった以上、本格的な水路を作ることも考えていかなくてはならないが、とりあえずの応急処置にはなるはずだ。

「どうでしょう？」

「やってみるわ、それ。いちいち水を捨てに行くよりは、よっぽどましだし」

「ええ、やりましょう、すぐに！」

よっぽど、水を汲《く》んでは捨てる作業に嫌気がさしていたらしい。

カーミラさんもリカルドさんの部下の方々も、さっそくスコップや鍬《くわ》を手に取る。

が、水を含んで柔らかくなりすぎた土は、掘るのは簡単でも崩れやすくて扱いにくい。苦戦していたところへ、

『わたしたちがやろうか？　すぐに終わる』

こんな声が上から降ってきた。高いところから声をかけてきたのは、トレちゃんだ。

私は彼を見上げて、首を横に振る。

「あなたたちは、お休み！　怪我してるんだから」

『大したものではない。マーガレット嬢らの役に立てるのであれば、それが一番だ』

「なに言ってるの。屋敷を守ってくれた時点で、もう十分役に立ってもらったよ。だから、今はとにかく安静にしてるの。分かった？」

『そう言うならば構わないが……』

リカルドさんから聞いていた通り、全員命に別条はないようだった。

が、地面に落ちた枝葉の量から見るに、決して無事ではない。

みな、多かれ少なかれ傷ついている。そのなかでもトレちゃん自身が、もっとも大きな怪我を負っているのだ。

隠しているのか、折れた箇所は見えないが、いずれにしても今は安静にして、治療に専念してもらわなくてはならない。

私はカーミラさんにこの場をお願いして、一度屋敷へと戻る。

そうして向かったのは、厨房《ちゅうぼう》であった。

トレちゃんたちの手当てを行うため、私がまず用意したのは、石鹸《せっけん》作製の際に使ったオイル花の油と、チルチル草やどくだみなど、いくつかの乾燥ハーブであった。

鍋と木べらも用意して、私はふぅっと一つ息をつく。

「なんかもう一仕事したって感じ……」

ここはもっぱら、リカルドさんの戦場である。

勝手が分からず、必要なものを揃《そろ》えるだけのことに、結構な時間を要したのだ。もう汗ばむ季節である。それに、炉に灯《とも》った火のせいもあり、結構な暑さだ。額の汗を一つぬぐってから、私は作業を再開する。

工程は簡単だった。

オイル花の油にハーブをよく浸して、それを湯せんにかけて見守ってあげればいい。と口で言うのは簡単だが、普段火まわりを一人で担当しているのも、リカルドさんだ。

私は着火用の魔石なんかも使いつつ、炉の火をどうにか強めて湯を沸かす。

暑さも湿気もなかなかのものだったがめげずにかき混ぜ続けたら、完成だ。

「うん、香りが移ってるから問題なし！」

香ばしい匂いが漂う一品だ。

食用にも使えるが、今回はそのために作ったわけじゃない。

今度は水で冷やして、ある程度固まり始めたところで瓶へと詰める。

他にいくつかのアイテムを持って、再び外へと出た。

簡易水路の構築作業にいそしむカーミラさんたちを横目にしつつ、トレちゃんのもとまで歩いていく。

「トレちゃん、怪我したところ見せてもらえる？」

『大したものではない、と先に言っただろう。これくらいの怪我、なん百年も生きていたら、過去に負ったこともある。昨日ほど過酷な雨にあったのは、初めてのことだったが』

「じゃあ、大したことないかどうかも分からないじゃない」

『…………とにかく心配は無用だ』

うーん、妙なところで意地になってしまっているみたいだ。

初めて出会ったとき、魔ネズミ・タランチュにかじられていたときは、素直に頼ってくれた。それを思えば仲間になったことで、弱いところを見せまいとしているのかもしれない。

こうなったら、一計を案じるしかない。

「じゃあトレちゃん、大丈夫なんだね」

『うむ、まったく問題はない』

「なら私を持ち上げてもらえる？　高いところから屋敷を見たいの。とくに問題ないなら余裕でしょ？」

『任せておくといい』

トレちゃんが、枝の何本かを私の腰に巻き付けて、私を持ち上げる。

『ほら、見たであろう。マーガレット嬢、一人くらい軽いものよ。嵐一つに負けていては、数百年は生きられぬ』

得意そうに葉をざわざわ揺らす彼を横に置いて、私は彼の身体をじろじろと観察する。

どうやら、怪我をしているのは反対の肩口から伸びた枝らしい。見るのも痛々しいくらい、完全に太い枝の一本が千切れてしまっていた。繊維がむき出しになっている。

「ごめん、やっぱり左肩がいいなぁ」

『すぐに移動させてやろう』

私の意図も知らず調子づいた彼は、私をすぐに反対の肩へと移動させる。

またしても満足げなトレちゃんをよそに、私は座ったまま手で横移動して、傷口へと近づいた。

『……って、マーガレット嬢なにをしている？』

トレちゃんが気づいた頃にはもう遅い。刷毛《はけ》を使って、作ってきたハーブオイルを傷口に塗り込んでいく。

「やっぱり大怪我じゃない。こんなにはっきりと折れたときは、ちゃんと折れたところの処置をしないといけないの。傷口に油を塗っておけば、菌が入らなくなる。それに、殺菌効果のあるどくだみも混ぜてあるから安心よ」

『……はかったな、マーガレット嬢。それが狙いだったのか』

「ふふ、まぁね。私もたまには策を使うの！　こういうのは、すぐの処置が大切だから。あんまり動かさないでよ、私が落ちちゃうからね」

こう念を押しておけば、渋々だが、トレちゃんは私の処置を受け入れてくれる。

最後に布を巻き付けて保護したら完了だ。

「次からは隠さずにちゃんと言うこと。いい？」

『……分かった。善処しよう』

「それ、やらないときの言葉じゃん！　王宮の役人の常とう句！」

和やかな（？）やり取りを交わしつつ、私はトレちゃんの肩から畑と屋敷を見下ろす。

風も吹いていて、木陰でもあり、気持ちがいい。

本当に暑い時期は、こうやってトレちゃんの上で涼を取るのもいいかも？　なんて思っていて、はっとする。

いつのまにか太陽が頂点に近い位置にある。もう昼ご飯の時間だ。

今日、リカルドさんは休養日である。

いつもは彼に任せきりになっているが、私だって一応もともとは、メイドのような役割を果たすために、この島へと送られたのだ。

となれば、代わりに私が全員分のご飯を用意するしかない！

持ってきたはいいが使う機会のほとんどないエプロンを着け、私は気合十分でキッチンへと再度向かう。すると、そこでばったり意外な人に出くわした。

「あの、マウロさん……？　ここでなにを？」

寡黙な建築士である彼だ。

リカルドさんに負けず劣らず背の高い彼が、調理台の前で包丁を握ったまま、まな板に目を落としてただ立っている。なにをするわけでもなく、ただただ立っている。

「あのー……」

と再度声をかければ、彼はこちらを振り向く。真正面から見れば、意外なくらいに大きな瞳だ。

黒目がちで光を通さなそうなその目は、まっすぐに私を覗《のぞ》き込《こ》む。

なんだか色々と見通されているような気分になるが、逆にこちらからはなにも窺《うかが》えない。

というか、包丁を握りながらこっちをまじまじ見られるのは、さすがに怖いかも……。

カーミラさんならたぶん悲鳴をあげているところだ。

「肉を叩《たた》こうかと、思いまして」

「あ。もしかしてリカルドさんが休んでるから、料理をしてくれるつもりだったり？」

「……そのようなところでございます」

けれどその実、彼は結構心優しかったりする。その形が少し分かりにくいだけだ。

「しかし勝手がまるで分からず、困っていたところでございます」

その状態でどうして一人で料理をしようとしていたかはともかく。みんなのために料理を作ろうとしていた心意気は、無駄にしたくない。

「私と一緒に作りましょうか。シチューなら得意なんです。どうでしょうか」

「はい、よろしくお願いいたします」

深々と頭を下げられたので、つられて私もぺこり。

そこから、手分けをして調理を進めていく。私が野菜担当で、お肉はマウロさんの担当だ。

カーミラさんに保存魔法をかけてもらい暗所に保管していたかぼちゃ、エンドウ豆などの収穫野菜を引っ張り出す。私が苦戦しつつ（とくにかぼちゃ！　皮が硬い！）、それをどうにか切り終えたところで、マウロさんを見ると、

「な、なんでこんな形に……!?」

うさぎ肉がかなり小さく、細かな賽《さい》の目《め》状に切られている。

「これであれば均一に火が入るかと思いまして」

マウロさんはそれを、こう説明する。

建築で培ってきた凝り性な部分が、乱切りのような不揃《ふぞろ》いな切り方を許さなかったのかもしれない。ごろごろ具材の入ったシチューを勝手に想定していたから、野菜はかなり大きくカットしていた。

が、こうなった以上は、肉の大きさにできるだけ合わせる方がいい。

私は野菜の方を小さく賽の目にカットしていく。

なかなか根気のいる作業だ。

やっていたら、カーミラさんまでもがキッチンに入ってきた。手伝ってくれるというから、お願いをする。

「要するにぐちゃぐちゃに切り刻めばいいんでしょ」

「違いますよ!?」

少し目を離すのすら怖い、危なっかしい手つきであった。それでも一応は切り進めていたのだけれど、

「グラタンが食べたくなってきたかも」

彼女はぼそりとそんなことをまな板に向かって呟く。

「あ、ごめん、今の忘れて」

と彼女は訂正するが、まだ修正の利く段階だ。幸いなことに、具材は全部ある。

かなり不安ではあったが、どうせやるなら要望に応えたい、と路線変更を決める。

ミノトーロの牛乳と小麦粉、オイル花の油でホワイトソース作りを敢行する。手探りの中だったが、リカルドさんの置いていた料理メモに救われて、どうにか形は出来上がる。

ショートパスタを入れて煮込み、最後にチーズを溶かせば完成だ。

三人がかりであったのに、出来上がるまでに、なんと一刻以上をも要する大作であった。

それを、リカルドさんの部下の方々も集まって一緒になっていただく。

素材がいいだけに、十分美味《おい》しい。

自分たちが作ったという努力点を加味すれば、大満足だ。

「……やっぱり、リカルドさんの料理ってすごいんですね」

だが当然だけれど、やっぱり彼には敵《かな》わない。短時間でさっと何品も作れるうえに、味まで完璧なのだから、遠く及ばないと言った方が適切である。

私の一言に、マウロさんもカーミラさんも頷く。

リカルドさんあっての開拓生活だと、改めて痛感する一日であった。


夜、起きだしてきたリカルドさんに今日の出来事を話すと、彼はひとしきり笑う。

「そんなことがあったなんてね」

「はい、本当いつもありがとうございます」

「はは、改まって言われると照れるね。でも、僕だけじゃない。みんな、誰が抜けても開拓生活はうまくいかないよ」

言われてみて、しっくりときた。

たしかに今誰かが抜けたら、色々と回らないことばかりだ。

カーミラさんがいなかったら畑作業は間に合わないし、マウロさんがいなかったら建築はお手上げ、リカルドさんの部下の方々が狩猟をしてくれるから肉や魚が手に入る。

トレントは有事にたくさん守ってくれるし、ボキランは癒やしになる。

彼らも一緒にいてこその開拓生活だ。

それを思えば、むくむくとやる気が起こってきた。

「私、みなさんのためになれるように、また頑張りますね！」

「ほどほどにしてくれよ。君はすでにがんばりすぎだと思うから」

「えー、そんなことないですって！」

よりよい生活のため、みんなの笑顔のため。

私は再び開拓に励む決意を新たにするのであった。

番外編

リカルドの忙しい朝

chapter Ex

その日、リカルド・アレッシはいつもより数刻早く、まだ日も昇らぬ時間に目を覚ましていた。

そのわけはといえば、昨晩の夕食中、マーガレットの呟《つぶや》いたこの一言だ。

「朝から外でご飯っていうのも気持ちよさそうですね」

なにも彼女から頼まれたわけじゃない。

会話の流れの中で、ふと出てきた要望未満の単なる思いつきだったのかもしれない。

それでもリカルドは、マーガレットが少しでもやりたいと思っているなら、と翌朝、サプライズ的にそれを実施することとした。

少しでも息抜きになればいい。それぐらいの思いであった。

最近の彼女は、自覚こそないだろうが、無理をしすぎている。

エスト島を襲った嵐をその能力で退け、半日寝込んでいたばかりなのに、今ではもう朝から夜まで畑を再生させるため、ばりばりと働いているのだ。

が、休め、と言ったところで彼女は、じっとしていられるような人じゃない。ならば、こうして楽しみながら休める場を用意するのがいい。

彼女が知ったら、絶対に手伝おうとするだろうから、こっそりと。極力音を立てないように息をひそめつつ朝支度を整えたリカルドは、さっそく準備へ取り掛かった。

まずはキッチンへ行き、食材を前に、色々と考えを巡らせる。その結果、かなりの時間こそ要したが、なんとかメニューが決まって下準備に入った。

「うん、これならいいかな」

思いついたのは、その場での仕上げ調理だ。

メインとなるのは、ウサギ肉や島産のお野菜各種。これらをその場で焼いて、パンに挟んで食べれば、美味《おい》しいに違いない。そんなアイデアであった。

リカルドは肉や野菜のカット、下処理を済ませて、一度キッチンを後にする。

そして今度は、倉庫に行き、普段は使っていない椅子や机を屋敷の外まで引っ張り出した。

まだどうにか日は昇っていなかった。

そこでリカルドは魔法で火を灯《とも》しながら、机や椅子のセッティングを行っていく。さらには、肉や野菜を焼くための焼き台も用意する。

すると、その最中のことだ。

屋敷を取り囲んでいる植物魔・トレントたちが、ざわざわと騒ぎ始めた。

低く、おどろおどろしくも聞こえる声が、はるか頭上から降り注いでくる。

なにも知らない人が聞いたら、ただただおぞましいだろうが、会話こそ交わせなくても、リカルドにもう分かる。

たぶん彼らは、こんな時間にリカルドがなにか始めようとしているから、気になって起きだしてしまったのだろう。

このままじゃ、マーガレットや他のみんなも起こしてしまう。

「トレントたち、少し静かにしてもらってもいいかな」

そこでリカルドはトレントたちを見上げて、こう投げかける。が、大きな声を出せないからなかなか伝わらない。

そこで、人差し指を口元に立ててジェスチャーでアピールすれば、一応伝わってくれたらしい。

ほっと一つ息をついて、リカルドは再度、準備を進めていく。

そうしていると今度は、開いていた屋敷の窓から、ひょこっと緑色の球体が飛び出てきた。

「……次は君か。もう起きていたんだね」

リカルドの周囲をふわふわと飛び回るのは、こちらも植物魔・ボキラン。キラちゃん、とマーガレットが名前をつけていたのだっけ。

「悪いけど、今はちょっと遊べないな。後にしてもらっていいかい？」

リカルドは彼にこう投げかける。

すると彼はそれを理解したのか、一度は去っていってくれた。

意外と素直だとほっとして、火を焚《た》く準備などをしていたら……

「……なにをやってるんだい？」

振り返ったところにどういうわけか、ひょろひょろとした木が生えている。こんなものは、さっきまでここになかった。

まず間違いなく、ボキランが擬態している。

リカルドの言葉に、彼は姿を元の小さな葉の塊に変える。そこから逃げるように屋敷へ戻ろうとして、机の上でぽんと一度跳ねる。

悪いことに、ちょうど机の上に置いていた炭の入った箱の上に。

そのせいで、箱がひっくり返り、あたりに炭が散らばる。しかも、キラちゃんは煤《すす》にまみれて真っ黒になってしまっていた。それでパニックになったのか、一層激しく、あたりを飛び回り始める。

「……どうしたものか」

このままキラちゃんが屋敷に戻ってしまえば、屋敷中が煤まみれになってしまう。かといって、もう空が白み始めているから、じきに日が昇る時間だ。

このまま準備が滞れば、マーガレットらが起きだしてしまう。

困って手を止めていると、屋敷の扉が開いた。

「……リカルドさん？　こんな朝早くからなにをされてるんです？」

そして、そこには、マーガレットの姿だ。

どうやら、間に合わなかったらしい。

それどころか、広がっているのは炭で散らかり、真っ黒になったキラちゃんが跳ね回る惨状だ。

「あー、えっと……今日は気分を変えて外で朝食をとるのもいいかと思ってね」

「……それってもしかして昨日私が言った――」

「あぁ、まぁそうだね。少しはサプライズになればいいと思ったんだけど、このありさまだよ」

ふがいなさから、リカルドは苦笑いをするしかなくなる。それに対して、マーガレットはくすっと口元に手を当てて邪気なく笑った。

「ふふ、なんとなく状況が読めますよ。こら、キラちゃん。暴れ回ったんでしょ」

マーガレットがそう叱るのに、キラちゃんは分かりやすく落ち込む。葉を垂らして、地面で固まった。

それこそが彼女の狙いだったらしい。

大人しくなったところへ、【開墾】スキルにより水を吹きかける。キラちゃんはそれで鮮やかな若葉色に戻って、まるで犬のように自ら身体《からだ》を震わせ、水を払った。

「ほら、これで大丈夫だよ。もう、いたずらは禁止ね？　火がついたら危ないし」

見事すぎる手際だ。リカルドにはできようもない。

それに驚いていたら、

「じゃあリカルドさん、私も手伝いますね」

彼女は、散らばった炭の片付けまで手を貸してくれる。

そもそもは、彼女の息抜きになればと計画したのだ。このままでは、結局また働かせることになってしまう。

「休んでてくれていいんだよ、マーガレットくん。僕が始めたことだ」

だからリカルドはこう声をかけるのだが、しかし。

彼女は首を横に振って、にっと歯を見せて笑った。

「嫌です。そもそも言いだしたのは私ですよ。それに、楽しいですもん、こういう時間！　色々と準備してる時間も含めて、イベントって感じで」

「……そういうものかな？」

「はい！　むしろ、やりたいくらいです！」

実に彼女らしい一言であった。こういう時間も楽しめるのが、マーガレットのいいところの一つだ。

まったく無理している感じはしない。そもそも嘘《うそ》をつけるタイプではないのだ、彼女は。

こうなった以上は、無理に休ませる方が、ストレスになるかもしれない。

「……じゃあ、お願いするよ。少し遅れてるから、ここは頼んでいいかな。僕は、キッチンから食材を取ってくるよ」

「お、今日のメニューはなんなんです？　お肉はありますか？」

「それは、見てのお楽しみだよ」

リカルドは屋敷に戻りながら、ついふっと笑ってしまう。

どうやらリカルドにしてみたって、彼女が一緒の方が楽しいらしい。

スキル【庭いじり】持ち令嬢、島流しにあう
～未開の島でスキルが大進化！
簡単開拓始めます～

MFブックス

スキル【庭《にわ》いじり】持《も》ち令嬢《れいじょう》、島流《しまなが》しにあう ～未開《みかい》の島《しま》でスキルが大進化《だいしんか》！ 簡単開拓始《かんたんかいたくはじ》めます～ 1

2024年6月25日　初版第一刷発行

著者　たかたちひろ
発行者　山下直久
発行　株式会社KADOKAWA
〒102-8177　東京都千代田区富士見2-13-3
0570-002-301（ナビダイヤル）
印刷・製本　株式会社広済堂ネクスト
ISBN 978-4-04-683716-5 C0093

企画　株式会社フロンティアワークス
担当編集　福島瑠衣子（株式会社フロンティアワークス）
ブックデザイン　AFTERGLOW
デザインフォーマット　AFTERGLOW
イラスト　麻谷知世

本シリーズは「小説家になろう」（https://syosetu.com/）初出の作品を加筆の上書籍化したものです。

この作品はフィクションです。実在の人物・団体・事件・地名・名称等とは一切関係ありません。